ゴースト・テーマパークの奇跡

木犀あこ

庫

目次

ウォーター・ライドの黒い水

巨大なテーマパークの地下には、秘密の施設があるらしい——という噂を聞いたことはないだろうか？

そう、日本有数のテーマパークである「ワールド・ワンダー・パーク」の地下には、秘密の街とでも呼ぶべき空間が本当に存在しているのだ。パーク内で働くスタッフたちの控室。機器のメンテナンスを行う部屋や、カフェにコンビニエンスストア。大小さまざまなパイプがむき出しになった通路を、制服姿のスタッフや巨大な機材が忙しく行きかっている。

「地下帝国」の通路はワールド・ワンダー・パークの敷地を取り囲むように張り巡らされ、インフラ整備からごみの集積、スタッフたちのケアに至るまで、パーク内のあらゆるものごとを支えている。一日平均三万人、年間にして約一千百万人ものゲストを迎える巨大テーマパークの裏側には、赤く脈打つ生々しい血が通っているのだ。

そんな地下帝国の片隅、パークの南南西に位置するS211控室で、樋高燐太郎(ひだかりんたろう)は今日も遅めの昼食を取っていた。

時刻は午後三時、一日の中でパーク内の滞在人口が最も多くなる時間帯だ。頭上を行きかう人々の足音もこの地下までは聞こえてこず、天井の低い部屋の中はひっそりとしている。勤務中は私用のスマートフォンをロッカーに預けているため、話し相手がいないときなどは食事に集中するしかない。業務のこと、来月に控えている企画会議のことなどをあれこれと考えながら、燐太郎は地下帝国内のコンビニで調達してきた総菜パンをかじり続けた。今日は天気もいい。金曜日ということもあって、パークは混みあっている。今のところショーやパレードの急な中止などはないが、今日も最高の状態でゲストたちを送り出すことができるだろうか。

S211控室、通称「ピンボール・ルーム」に他のスタッフの姿はない。八十年ほど前に作られたスロットマシンやピンボール台、擦り切れたカジノテーブルだけが、燐太郎の食事を静かに見守っている。

この部屋にあるものはみんな、パーク内での役目を終えた小道具(プロップス)だ。S211控室にはカジノに関わるものや古いアーケードゲームが置かれているが、ピッチフォークと麻袋の置かれた控室や、宇宙基地で使われている食器や椅子が置かれている控室だってある。長年働いてきた道具たちを捨てるのが忍びないという事情もあるのだろうが、「アテンダント」と呼ばれるパークのスタッフたちを楽しませる目的のほうが大きいのだろう。テーマパーク事業というものは、最高の「遊び」でなければいけない。表舞台はもちろん、従業員がリラックスする場でも、その遊び心を忘れてはいけないのだ。

「よし」

椅子から立ち上がり、燐太郎は部屋の片隅にある洗面台へ向かう。歯を磨き、髪の乱れを整え、蝶ネクタイのわずかな歪みもチェック。黒いジャケットに深いグリーンのベストの組み合わせは、燐太郎が所属する「センター・キャラバン」エリアの制服だ。サーカスの演者を思わせる煌びやかなデザインは、ゲストにも評判がいい。

もう一度髪を整え、通路へと出る。すれ違うアテンダントと会釈を交わし、突き当りにある階段を上って金属製の扉を開け、建物の陰から出ると——。

そこには、日常から遠く離れた別世界が広がっている。

青空に映える黄金の観覧車。メープルシロップの甘い匂い。ゲストの賑やかな声と、両手を振ったり、肩をいからせたりして、そのゲストたちに愛嬌をふりまいているキャラクターたち。塵ひとつ落ちていない通路。映画音楽を軽快にアレンジした路上パフォーマンスの音楽、手入れされた草木、景観に溶け込むポップコーン販売のワゴン。

「みなさん、ごきげんよう」

パークの中心部であるセンター・キャラバンへ向かう道を歩きながら、燐太郎はすれ違うゲストに手を振り続けた。

「こんにちは。楽しんで」

笑顔で声をかけつつ、ゲストの挙動を観察する。道がわからずに、困っているゲストはいないか。アトラクションの待ち時間やレストランの予約に関して、不満を漏らしているゲストはいないか。企画開発部の社員である燐太郎は、アテンダントとしてゲストをもてなすだけでなく、パークに関するさまざまな問題に目を光らせていなければならない。

日本ワールド・ワンダー社に入社して三年目。今はパーク内のさまざまなエリアを転々としながら接客やゲストコントロールを学んでいるが、ゆくゆくは燐太郎もイベントの企画やパーク内の開発に携わることになるだろう。それまでに、小さなこと、大きなこと、信じがたいことも含めた、あらゆるトラブルへの対応を学んでおかなければ。たとえそれが、どれほど困難な仕事であっても――。

「……ん？」

屋内のショーを行う「カーニバル・シアター」に続く通路と、パーク南西に位置する「サンライズ・コースト」に続く通路の間を行ったり来たりしているゲストを見かけて、燐太郎はその様子を観察する。十代の男性と女性の二人組。それぞれ「象のベイリー」とその恋人の「象のホリー」のカチューシャをつけて、女性のほうはステージ衣装に身を包んだベイリーのポップコーン・バケツを首から下げている。

恋人同士か、友人か。いずれにせよ、お手洗いやレストランを探している、といった雰囲気ではない。近寄り、燐太郎は明るく声をかける。

「ベイリー、ホリー、こんにちは。今日もいいショー日和ですね」

二人組のゲストは少し驚いた顔をしてから、互いに顔を見合わせた。照れ臭そうに笑っている。カチューシャをつけていればそのキャラクターの名前で呼んでもらえる（というより、そのキャラクターそのものであるかのような扱いをされる）ということを知らなかったのかもしれない。うやうやしく一礼をして、燐太郎は続ける。

「何かお探しの見世物があれば、ご案内いたしますよ。うちのサーカスは毎日大忙しですからね。いろんなものをあっちへ動かしたり、こっちへ動かしたり、大騒ぎなんです」

このセンター・キャラバンに所属するアテンダントは、あくまでも「ショックリー・ブラザーズ・サーカス団」の一員である、という設定だ。ゲストに声をかけるときも、それらしい言い回しを意識しなければいけない。

二人組のゲストはまた顔を見合わせ、少し考えるような表情をした。男性のゲストが遠慮がちに口を開く。

「……ちょっと聞きたいんですけど。センター・キャラバンに、公式アプリとかには載ってない秘密のアトラクションがあるって、本当なんですか」

来た来た、と、燐太郎はひそかに興奮する。「公式アプリには記載されていない」「秘密」「見つけた人だけ」。どれもよく聞くフレーズだ。センター・キャラバンの通路と通路の間にその入口があるとか、「クリーピー・スクエア」のアトラクションの出口を逆走すると案内してもらえるだとか。

アトラクションであったりレストランであったり、はたまた宿泊施設であったりと、その詳細は異なるものの、とにかく「公には知られていない施設がある」という噂は、パークの開業時から出回っているものだ。その話を聞いたゲストたちは、半信半疑ながら、わりと本気でその施設を探したりする。そのために立入禁止の場所に入ってしまうともあるので、パーク側としては慎重に対処すべき案件ではあるのだが。

でも気持ちはわかるよ、と、燐太郎はつい顔をほころばせてしまった。燐太郎はパークのアテンダントである以前に、熱狂的なテーマパーク・マニアでもあるのだ。隠されたアトラクションだなんて、そんなの僕だって行きたいに決まってるじゃないか。

けれど、少なくともこのセンター・キャラバンには、秘密の施設など存在してはいない。燐太郎は二人組のゲストに悲しそうな表情を作ってみせた。

「これは秘密の話なので、僕、小さい声で喋るんですけど――実はですね、あそこに見える倉庫みたいな建物には、秘密のバーの入口があるんです。機関車の廃材で作った急ごしらえのものですが、見えますか？　あれ、うちの団長が作った移動式の倉庫なんですけどね」

カーニバル・シアターの裏、木々の葉の間からわずかに頭を覗かせている建物を指し示して、燐太郎はゲストの顔を確かめる。その建物は、シアターで行われるショーの機材や舞台装置を納めておくための倉庫だ。もちろん、パークの中での設定上は「ただの倉庫」などではない。ゲストの目に入る外壁は機関車の部品を思わせる鉄のパーツがむき出しになり、サーカスの団長が廃材で作り上げた建物である、という物語に説得力を持たせている。

「団長は世界一けちな人でしてね、自分ひとりで珍しいお酒を楽しみたいからって、あの倉庫の中に秘密のバーを作って、誰にもわからないところに入口を作っちゃったんです。まあ、僕たち団員にはもうばれちゃってるんですけどね」

燐太郎が語る秘密のバーへの入口は、スタッフ専用の通用口のひとつだ。その扉のそばには「団長専用　入るべからず」という看板が打ちつけられている。ゲストの目には、そこに出入りするスタッフたちが団長の秘密の酒場にこっそり侵入する団員たちに見える、というわけだ。

燐太郎の話を聞いて、二人組のゲストはおかしそうに顔をほころばせた。このエリアにまつわる「物語」として、今の話を楽しんでくれたらしい。

「あの、その秘密の入口って、どの辺にあるんですか？」

女性のゲストが弾む声で言う。燐太郎はわざと惚けた顔をして、答えた。

「そうですねえ……あの赤いフードワゴンの裏から観覧車のほうを見てみたら、花壇が途切れてるところが見つかるかもしれないですね。その位置から建物を見ると、目に入るかも。あ、僕が秘密の入口を知ってること、団長には内緒にしておいてくださいね」

「わかりました。ありがとうございます」

手を繋いで去っていく二人組のゲストを見送りながら、燐太郎も笑みを浮かべる。積極的な声掛けも仕事のひとつとは言え、喜んでくれればやはり嬉しい。

「大変ですね。秘密のアトラクションがあるって話は、定期的に出回るなあ」

少し離れた場所でやりとりを見守っていたゲストが、燐太郎に声をかけてきた。デジタル一眼レフカメラを首から下げた、三十代の男性。見覚えがある。年に百回以上はパークに足を運んでいるファンのひとりだ。

「わがサーカス団の秘密があっちこっちに漏れて、大変ですよ。カメラを構えたスパイがどこかに潜んでいるのかもしれないですね」

燐太郎の返しに、ゲストも笑う。たとえ相手が事情通の常連であっても、まずはストーリーにあった受け答えを。そこからは世間話にもっていってもいい。入社一年目に、先輩アテンダントから教わった話術だ。

「……実際、細かい部分を変えながら定期的に同じような噂が出ている気はしますね。ゲストのみなさんは、どこでそういった情報を仕入れていらっしゃるんでしょうか？」

熱心な常連のゲストからは、パークにまつわる噂や、新しいサービスに対する率直な意見が聞けることもある。ゲストの男性は少し嬉しそうな顔をして、答えた。

「最近はSNSとかで噂が出回っても、すぐ下火になってる気がしますね。秘密のアトラクションがあるぞ、って話が拡散されても、マニアがすぐにそれデマだよって否定する感じですし。でも、みんなどこからともなくそういう噂を仕入れてきて、わりと本気でそれを信じちゃったりしてますよ。都市伝説っていうのか、人の口から伝わるものはけっこうあるんじゃないですかね」

「なるほど。都市伝説、ですか」

燐太郎は頷く。この男性が言うとおり、怪しい噂やデマはすぐに否定される時代だ。それでも都市伝説というものはどこからともなく生まれて、あらゆる世代の人々に広がっていく。地下の施設の噂。秘密のアトラクション。隠蔽された死者。幽霊に呪いの場所、レストランの奇妙な食材——。

「幽霊が出る系の噂話を信じる人はほとんどいなくなってますけど、麻薬取引の温床になってるっていうやつとか、アトラクションで死人が出たけどワールド・ワンダー社がそれを隠蔽してるんだ、っていう噂は根強く残ってますね。ファンとしても、そういうのは嫌だなあって思いますよ。特にアトラクションの死人に関しては、ワールド・ワンダー社の安全基準は世界最高レベルなんですよって言っても、信じない人も多いですし……」

「ええ。開業以来、ワールド・ワンダー・パークの中では、死者どころか——大けがをされたゲストもいらっしゃいませんからね」

燐太郎はにこりと笑う。開業以来、このパークの中で死んだゲストはいない。それは本当のことだ。

パレードの開始時刻を告げるアナウンスが響く。男性ゲストは周囲の人の流れを確かめるようにあたりを見回して、燐太郎に軽く頭を下げた。

「じゃあ僕、観覧車前でパレード待ちしてきます。今日は『ファクトリー・ザ・パニック』のリニューアル初日だし、この時間から行ってもいい場所が取れそうですね。じゃあ」

「いってらっしゃい。よい一日を」

男性ゲストに手を振り、燐太郎はジャケットの襟を正した。黄金色の観覧車──「ワールド・フェリス・ホイール」は青い空を背にたたずみ、極彩色の回転木馬、「キャラバン・カルーセル」はワルツの音楽に乗って軽快に馬たちや馬車を走らせている。整然とした人の流れ。パークは今日も、万全の状態でゲストを迎えている。何の問題もない一日、のはずだ。

『──樋高さん。樋高さん。五十三番です。今、大丈夫ですか』

インカムのイヤフォンから聞こえてくる声に、燐太郎は耳元を押さえた。五十三番。「地球ではない星に築かれた都市」をモチーフにしたエリア──「ブルーストーンズ・バレー」からの連絡だ。

「はい、樋高です。今はフリーです。何かありましたか」

『緊急メンテナンスが入りました。ファクトリー・ザ・パニックなのですが、ゲストからの訴えでライドを止めています。その原因が──樋高さん案件かと思いまして』

相手の声は冷静ではあったが、内容はただならない事態を表していた。ライドの運行を止めなければいけないほどのことが起こった。リニューアルを迎えたばかりのアトラクションで、ゲストが何らかのトラブルに巻き込まれたということになる。

「わかりました。すぐに向かいます」

燐太郎は足早に歩き出す。最寄りの出入り口から地下帝国に潜って、該当エリアに一刻も早く向かわなければいけない。すれ違うゲストからは、早くも「ファクトリー・

ザ・パニック、止まってるって」という会話が聞こえてくる。パーク内の状況がリアルタイムで共有される時代だ。アトラクションが止まった理由も、場合によっては広く拡散されるかもしれない。

急がなければ。

パークにまつわる「怖い」都市伝説——本当の幽霊話を、これ以上広めないためにも。

＊

「僕、霊感があるんです」

日本ワールド・ワンダー社数十年の歴史の中、最終面接でそう答えた志望者は燐太郎が初めてだっただろう。

「君の一番の『かがやき』は何ですか」という質問にそう返した学生に、ワールド・ワンダー社の幹部たちはおおむね好意的な反応を見せたものだ。「それは誰にも負けない才能だね」『かがやき』だけに『シャイニング』のネタ、ってことかも」「物語を徹底して作る、というのがうちのモットーだからね。それを忘れずに」などと。

幹部たちはあくまでも、テーマパークの企画演出を目指す者の言葉として燐太郎の回答を聞いていた。楽しい場所に「おそろしいもの」は似つかわしくない。テーマパークは幽霊の存在を許してはならない——というひそかな決意を、燐太郎の口から話すタイミングはなかった。たとえ信じてもらえなくとも、幽霊が見えるということを隠すつもりはない。むしろその力が何かの役に立つなら、積極的に活用したいというスタンスも。真面目な表情を崩さない燐太郎に向かって、ひとりの幹部だけがまったく違う言葉を返してきたのだ。

「そうなの。じゃあ、幽霊からのクレームにも対処できる？」

燐太郎は無事に採用通知を受け取り、本社企画開発部へ配属された。半年の研修期間を終えて五つのエリアのアテンダント業務を経験し、今に至る。

めったに配ることのない名刺には、「企画開発部三課運営改革係」の肩書の下に、小さくこう書かれている。

〝ゴースト・ホスピタリティ係〟と。


「はじめにゲストからの報告があったのは午前九時四十五分。朝の点検がオープンの時刻に食い込んでいましたから——ライドの運行を開始したのは九時三十分すぎでした。異常を知らせてくれたゲストはひとり客で、八番ボートの最前列に乗車していました。かなりのパークマニアの方で、今回のファクトリー・ザ・パニックのリニューアルも数か月前から楽しみにしていたようです」

ブルーストーンズ・バレーの一角、ファクトリー・ザ・パニックの建物裏で、燐太郎は赤錆色の制服を着たアテンダント、小西陽香からの報告を受けていた。

ブルーストーンズ・バレーはパークの南東に位置するエリアだ。1950年代から続くワールド・ワンダー社の人気TVドラマ「プラネット66」をコンセプトにしたテーマエリアで、作中に出てくる施設を模したアトラクションやレストランなどが存在している。問題が起きたのは、暴走する輸送ボートに乗って巨大工場を冒険するアトラクション、ファクトリー・ザ・パニック。つい先日、内部のプロップスや視覚効果などの大幅な改修を終えたばかりのスリルライドだった。

「異常が起きたのは、最後のドロップ——落下のところなんですよね」

燐太郎は尋ねる。小西が頷き、アトラクション・アテンダントらしいはきはきとした声で答えた。

「はい。ボートが急降下する場面です」

「ファクトリー・ザ・パニックは、パーク随一のスリルライドですからね。騒がしい工場の中を走っていた輸送ボートが、爆発するタンクから逃れるために、高さ二十五メートル、四十五度の傾斜を時速七十キロで落下する。瞬間的な最高速度だけを見れば、パーク最速のアトラクションですよ。しかもただ落ちるだけじゃない。それまでのストーリーで危機感をあおっておいて、突然大きな落下を食らわせるものだから、精神的な恐怖も随一と言えて——」

ぺらぺらと語る燐太郎の顔を、小西はぽかんとした表情で見つめていた。まずい、と、燐太郎は咳払い(せきばら)をする。

「すみません。あと一時間はしゃべれそうなので、この話はあとにします」

ひとりで盛り上がっている場合ではない。この日を楽しみにやってきたゲストのためにも、一刻も早く運行を再開させなければ。小西は頷き、何事もなかったかのように説明を続けた。

「最後のドロップのあと、水路の水がかなりゲストやボートにかかる仕様になっていますよね。異常を知らせてくれたゲストは、そのとき大量に『黒い水』を浴びたと言っていました。油のような、妙な臭いもしたと」

「黒い水、ですか？」

燐太郎は首をひねる。ファクトリー・ザ・パニックは水路の中に敷かれたレールの上をボートが進む「ウォーター・ライド」と呼ばれるアトラクションだ。傷みやすい水中の機械やボートは、日々厳しいチェックを受けているはずなのだが。

「水路の水は、この前のリニューアル工事の時に全部入れ替えてるんですよね。『ファクトリー・ザ・パニックの水全部抜く』企画だな、外来種でも探すのか、ってアテンダントの間でも話題になってましたが」

「そう聞いています。水をすべて抜いた状態で、レールの点検と補修工事を行ったそうですから」

燐太郎の問いに、小西が頷く。ファクトリー・ザ・パニックはパークで最も古いアトラクションのひとつではあるが、部品などは定期的なメンテナンスで入れ替えを行っている。経年劣化による不具合が起きる、ということは考えにくい。燐太郎は身構え、話を続けた。

「油の臭いのする黒い水、ということですが、ライドや周辺機器の機械油が漏れた、ということではないんですよね」

「機械メンテナンス部のスタッフが、それだけはないと断言していました。ボートに穴でも開いていたら大変ですからね。念には念を、ということで、今もすべてのライドと周辺機器のチェックをしてくれているのですが――映ってないそうなんです。その、ゲストが浴びたという黒い水というものが、どの監視カメラにも」

小西は身震いをする。報告をしてくれたゲストは、パークを心から愛してくれている人です。ありもしないクレームをつけて、営業を妨害するようなことはしません、と言い添えた。

「すみません。私、樋高さんを呼べと言われたときに、ぞっとしてしまって。本当に、そういうことってあるんでしょうか？　心霊的なもの――というか――」

「どうなんでしょう」

燐太郎は答えた。青くなる小西の顔色を確認して、さらに続ける。

「けど、そういうことも想定して動くべきだとは思います。ここはパークの歴史の中で唯一、『人が死んでいる』アトラクションですから」

＊

「パークの中で最も優先されるべきものは、安全の二文字。どんな些細な異常にもすぐに気づき、臆病なくらい入念にチェックする。ちょっとしたことでアトラクションを止めるパークは、それだけ安全に配慮してるってこと」

ファクトリー・ザ・パニックのパス——アトラクションの待機列を形成するための通路——を歩きながら、燐太郎は前を行く鴛鴦舞の言葉に耳を傾けていた。四方は金属の質感を再現したコンクリート造りの壁に囲まれていて、機械が吐き出す蒸気の音や巨大なプレス機の音がスピーカーから流れ続けている。ここが巨大工場の内部であることを表す演出のひとつだ。

「まあ、事故を起こさないための作業も『アトラクションの停止』ってことに変わりはないんだけどね。ゲストにはそんな運営側の都合なんて関係ない。ちょっとしたことで止まるなんてアトラクションの設計に問題があるんじゃないか、としか思っていないでしょう」

鴛鴦舞は機械メンテナンス部一課、ライドアトラクション係の第二班長だ。ブルーストーンズ・バレー全域のアトラクションメンテナンスの責任者であり、主にファクトリー・ザ・パニックのデイリーチェックを行っている。小柄な女性だが、濃紺の作業着を着たその背中は自信に満ちていて、頼もしい。ロープで仕切られた通路をうねうねと曲がり、燐太郎は足を速める鴛鴦のあとを追い続けた。通路の仕切り方を見るとだいたいの混雑具合がわかるようになっている。列を形成していたゲストの数をざっと計算して、燐太郎は鴛鴦に声をかけた。

「ライン切り、相当な数になったんでしょうね」

「今日は大規模リニューアル工事後のオープン日だったからね。止めたときには、スタンバイも百五十分を超えてた。ステーション付近まで並んでたゲストにはスペシャルパスを渡したみたいだけど、今日中に再開できるかどうかも未定。ゲスト的にはかなりの満足度低下要素になったでしょうね」

「アトラクションの緊急停止すらネタにして、これも醍醐味だ、なんて喜ぶのは僕たちマニアくらいですからね」

振り返った鴛鴦が、口角だけを上げて笑う。髪を結いあげて覗かせている耳には、象のベイリーのピアスが光っていた。燐太郎も含め、ここで働く人の多くはワールド・ワンダー・パークに強く憧れ、ここで働きたいという夢をかなえた者たちだ。「トラブルすら我々にとってはご褒美である」というマニアの視点は捨てて、常にゲストの立場で物事を考えなければいけない。

建物内をさらに進みながら、燐太郎は視線を忙しく動かし続けた。左右の壁、天井、床に至るまで、「巨大工場」としてのディティールが作りこまれている。だれかが捨て、た噛みタバコのあと。工場労働者の残した落書き。油の缶を再利用したランプ。

「通路の印象もかなり変わってますね。より原作ドラマの雰囲気に近づいた気がします」

アトラクションはただの乗り物ではない、それ自体がひとつのショーであるべきなのだ――とはワールド・ワンダー社の創業者であるジョン・ショックリーの言葉だが、これは燐太郎たちアテンダントのモットーでもある。やるならば、徹底的に。鋲のひとつ、ワイヤーの一本にも、そのアトラクションの世界を表す物語を語らせろ。

この度のリニューアルで、建物内部のパスはもはや原作に登場した工場そのものになっている。その過程で失われたものもあった。

「ここにあったバケツが撤去されてますね。ホースリールも。ロボットアームの残骸は、アトラクションの入口に移動させたんでしたっけ」

「よく見てるわね。毎日ここに出入りしてる私でも、そんな細かいところまで覚えてないわよ」

鴛鴦が呆れたような、少し感嘆の混ざったような声で返す。パスの演出にせよアトラクションの仕様にせよ、一度リニューアルしたものを前のバージョンに戻すことはまずない。「パニック」の大規模なリニューアル前に、燐太郎はゲストとしてパークを訪れ、撮れるだけの写真を徹底的に撮っていた。会社も資料としての内部写真などを残してはいるだろうが、一般のゲストがそれを見るのは難しい。ひとりのファンとして、燐太郎はリニューアル前の「パニック」の姿をしっかりと記録しておきたかったのだ。

曲がりくねった列を抜けた先に、水をたたえた通路が見えている。ライドの乗り場である「ステーション」はもう目の前だ。金属製の階段を下りながら、燐太郎は言う。

「前バージョンのパスは、本国のものとはかなり雰囲気が違ってたんですよね。置いてあった小道具はみんな、日本のアトラクションの設置に携わったエンジニアや開発部門の社員たちが持ってきたものだったんです。当時は予算が足りなくて、ホームセンターで買ってきたものや家にあったガラクタをそれっぽく改造して小道具に使ったりしてたみたいですよ。原作の雰囲気を壊さないように、かなり気を遣ったみたいですが」

「なるほど。開発部門の採用試験に出てきそうなエピソードね」

「撤去したプロップスは、『地下帝国』に保管してあるんでしょうか？」

「そうみたい。保管というより控室のひとつに記念として飾ってあるだけ、って感じらしいけど」

あの地下帝国のどこかに、工場の「ガラクタ」たちが眠る部屋ができたらしい。次の休憩の時に行ってみるか、と、燐太郎はひそかに胸を躍らせる。手の届かないところにあった小道具を間近で見られるのは、やはり嬉しい。

「ゲストがこのリニューアルをどうとらえるかはわからないけどね。『パニック』は開業当初からあるアトラクションで、思い入れのある人も多いし。実際、変えないでくれっていう意見も多かったみたい。なんでもかんでも新しくする必要はない、名作は名作のままで置いておけばいいじゃないかって」

鴛鴦の言うとおり、アトラクションのリニューアル時にはさまざまな意見が寄せられるものだ。誕生して三十年以上が経つアトラクションともなれば、それは多くの人にとってかけがえのない思い出の場所になっている。改修時に脅迫めいた言葉をぶつけられることも、珍しくはない。

「ここ七年くらいで一気にゲストが増えて、パークも色々と変わっていってますから。好意的なファンがほとんどですけど、手厳しい人もいますよ」

「商売優先、利益主義って罵（ののし）られるものね。こっちとしては、最新の技術を届けたいだけなんだけど」

そう言う鴛鴦のあとに続いて、燐太郎はステーションへと降り立つ。冷えたプールの水のような、独特の臭い。左右に一列ずつ走る水路には、八人乗りのボートが隙間なく横づけされていた。

「フロッグ号にキャメル号。すごい。ボート、ほとんどフル稼働だったんですね」

声を上げながら、燐太郎は左右の水路を順に確かめる。興奮が隠せない。ステーションにこれほどの数のボートが集合しているところなど、アトラクションの担当係でもなければめったに見られるものではないからだ。

「まあ、かなりの数のゲストを捌（さば）いてたみたいだからね……。ねえ、樋高くん」

「はい」

我を忘れてボートに見入っていた燐太郎は、鴛鴦の言葉に振り返った。腕組みをした鴛鴦が、はっきりした口調で言う。

「樋高くんはどう考えているの。最近の、パークの変わりよう。社員として、っていう以前に、ファンとしてかなり思い入れがありそうだけど」

「もちろん、ありますよ。古いアトラクションにも、最近できたアトラクションにも」

身を起こし、燐太郎は高い天井の建物をぐるりと見回す。「パニック」の内部は、かなり変わってしまった。燐太郎が初めて乗船したときと比べると、ずいぶんと新しく、きれいになっている。幼い燐太郎がわくわくした気持ちで見ていた光景は、もうここにはない。

「でも、楽しかったらなんでもいいんですよ、なんでも。古いアトラクションがきれいにリニューアルしてもらって若返ってるのって、すごくいいことじゃないですか。昔ハンターだったおじいちゃんが銃を持ってバチバチに宇宙人と戦ってる、みたいなあれです」

「そのたとえはよくわからないけど、まあ——相反する気持ちがあるのは、わかるわ」

そう言って、鴛鴦は遠くを見るような目をする。入社当初からこのアトラクションのメンテナンスを担当してきた鴛鴦だ。彼女には彼女なりに思うところがあるのかもしれない。

「そうなんですよ。寂しいって気持ちと、でも新しいバージョンも早く見たい！　っていうアンビバレンツな気持ちに引き裂かれ続けるんですよ、僕らは」

燐太郎はステーションの奥、先頭のボートが横付けされているあたりへと歩いていく。向かって右の水路に停まるスネーク号の座席には、ドロップのときに浴びたであろう水がまだ乾かずに残っていた。

「それが、例のゲストが乗ってたボート。先頭右に乗っていて、最後のドロップのときに黒い水を浴びたとの報告が上がってる」

ファクトリー・ザ・パニックはスリルライドではあるが、大きく落下する箇所は最後のシーンだけであるため、ボートそのものには上体を固定するほどのハーネスは設置されていない。ゲストは座席にしっかりと腰をおろし、腰ベルトを締めた状態で安全バーにつかまり、二十五メートルの落下に耐えなければならないのだ。

「ボートが落ちきったタイミングで、黒い水を浴びたんですよね。視界が遮られるほどの量だったと聞いていますが」

スネーク号の先頭列に乗り込みながら、燐太郎は言う。ハンディライトで照らしてみるが、座席を濡らす水に特に変わったところは見られない。透明で、ほんの少し塩素の臭いがするだけだ。

「『パニック』は最後のドロップのときに、かなりの水がかかる仕様になってるからね。でも、監視カメラには黒い水なんて映ってなかった。同じボートに乗っていたゲストも、誰もそんなものは見てないって言ってる。黒い水を浴びたと言っているのは、その常連のゲストだけ。油漏れだと大事だから、すぐにアトラクションを止めたんだけど――ダイバーに潜って点検してもらっても、水路のレールや水に潜ってる部分の機器に異常はなし。ボートもすべて点検して、オールクリア。つまり、アトラクションそのものには何の問題もないってこと」

腕を組んだままの鴛鴦が、軽く首を傾げてみせた。怒ったような目つきをしているが、その口調には少し弱気なものが混ざっている。

「でも、鴛鴦さんたちはそのゲストの言うことを信じた。いや、信じているんですよね」

このまま運行を再開しても、何の問題も起きないかもしれない。だが鴛鴦たちメンテナンス部の人間は万が一を憂え、たったひとりのゲストの言葉を信じ、アトラクションの運行を止めている。彼女らに原因が突き止められないのなら――燐太郎がその問題を見つけ出すしかない。

「その上で、僕を呼んでくださった。『ゴースト・ホスピタリティ係』の名が輝くってもんですよ」

「樋高くん……」

腰ベルトを締める燐太郎に、鴛鴦が声をかけてくる。その声がさっきよりも弱々しく聞こえるのは、気のせいなどではないだろう。

「わかってます」

笑顔を見せて、燐太郎は親指を立てる。

「パークの中に悪霊が出るとは、僕も思いたくないですけれどね。でも、本当に危ない幽霊が出るなら、すぐにでも追い払わなくちゃいけない。任せてください。安全な運営とお客様の笑顔のためなら、僕はなんだってやりますから」

「いや。そうじゃなくて。制服のままで行くの？　着替えはあるんでしょうね？」

燐太郎は真っ白なシャツに包まれた自分の胸元と、鴛鴦の顔を見比べた。鴛鴦は悪霊と対峙する燐太郎の身を案じたわけではない。黒い水を浴びることになるかもしれない燐太郎のシャツの洗濯事情を心配しているのだ。

「あ、大丈夫です。ロッカーにしこたま替えがあるので。任せてください」

燐太郎はもう一度親指を立てる。鴛鴦はあくまでも、今回のトラブルを「原因不明の油漏れ」としか思っていない。燐太郎に期待しているのは、あくまでもアトラクションに乗りなれた正社員目線での確認作業。だいたいはそんなものだ。「あのアトラクション、なんか出るらしいよ」「ああ、なんか目撃情報あったね」「社員が目立たないところにお札貼ったとか言ってるけど」。燐太郎の『幽霊トラブル』への対応は、いつもこれくらいのノリで受け止められている。

「しっかり見てきますよ——僕が目視で確認できるようなトラブルだったら、いいんですけど」

鴛鴦は深く頷く。黒々とした水路の先を見やり、インカムのマイクに向かって低く声を発した。

「八番、スネーク号、ベルト確認ＯＫです。テスト走行、開始してください」

アトラクションの動きはすべて、コントロールルームのコンピューターによって制御されている。ボートがゆっくりと水面を滑り始め、水の臭いの混ざった風が燐太郎の顔を撫でた。片手で安全バーに摑まり、もう片方の手で鴛鴦に手を振る。鴛鴦は手を振り返してこなかった。水を割って進むボートだけを凝視して、わずかな変化すら見逃すまいとしている。本当に、自分のやるべきことにまっすぐな人なんだな。燐太郎は背筋を伸ばし、正面に向きなおった。仕事とはいえわくわくしてしまう。この度のリニューアルで、内部はどれほど変わっているのだろうか。

加速したボートが、青白い明かりに照らされたステーションを離れ、暗い通路へと入っていく。視界の上下左右があいまいになり、ぼやけていく。遠くで金属をプレスするような音が響いていた。ボートが進むにつれて次第に近くなってくるそれは、眠らずに働く巨大工場の機械の息遣い――を演出したサウンドエフェクトだ。ここはプラネット66に築かれた金属加工工場の中。ビッグ・ヒルと呼ばれるこの工場では、資材の輸送のために複雑な水路を引いている。プラネット66の重力の影響から、浮力を利用した輸送システムを導入するしかなかったのだとか。

ゲストは工場の労働者として輸送ボートに乗り込む。持ち場から大食堂に移動するための短い船旅……であったはずなのに、なぜかボートは暴走し、決まったルートを外れ、工場の中の危険な場所をあれこれと通過し、爆発するタンクから逃れるようにして緊急脱出ルートから工場の外へと飛び出していく――というのが、アトラクションのおおまかな流れ。安全ですよ、と言われて乗り込んだものが安全ではないルートをたどるのは絶叫系アトラクションのお約束とも言える展開だが、もちろんそのスリルは現実の安全が保障された上に成り立つものだ。九死に一生の九死のほうを、実際にゲストたちに味わわせるわけにはいかない。

『――なんだ？　スネーク号！　なぜ進路を外れている。引き返せ！　戻れ！』

『無茶ですよ！　ヒト輸送ボートはうしろ向きには進めないんです！』

暗い通路の出口が見え始めたところで、そう叫ぶ「工場労働者たち」の声が聞こえてきた。ボートが短い坂を滑り落ちる。軽い風が全身を撫で、視界が一気に開ける。

「うお。すげえ」

燐太郎は思わず声を上げていた。高い天井いっぱいに張り巡らされた緑と灰色のパイプと、巨大なタンク。あちらこちらで点滅する警告のライト。白い蒸気。せわしなく走り回る作業用ロボットたちに、遠く近く見える人、人、人――。

「すごいな。完全リニューアルじゃないか、これは」

アトラクション内部のプロップスにも手を加えるとは聞いていたが、まさかこれほどまでに進化しているとは。あたりをせわしなく見回しながら、燐太郎は短く息を吐いた。元からあったプロップスをベースに、パイプやタンクを付け足したのか。登場人物を演じるロボットの数が増え、動きもさらに精巧になっている。

「第一幕」と呼ばれているこの場面は、ファクトリー・ザ・パニックの最初にして最大級の見せ場のひとつだ。巨大な工場の内部を見せるこの序盤のシーンは以前から圧倒的な出来であったが、この度の改修でまさに度肝を抜く演出になったと言えるだろう。速度を落としたボートの動きに合わせて顔を巡らせながら、燐太郎は思わずうなり声を上げた。燐太郎自身、リニューアル後の「パニック」に乗るのは初めてだ。体験したゲストたちはさぞ感動したことだろう。

「隠れキャラの数が半端ないじゃないか。これはリピートしちゃうな……」

タンクの上にベイリーをかたどったエンブレムが覗いていたり、原作の映画版にしか出てこないキャラクターがパイプの後ろに隠れていたり。視線の誘導も完璧に計算されていた。派手な音で注意を引いて、その方向にメインキャラクターのロボットを置いておく。そのメインキャラクターに台詞をしゃべらせ、ゲストたちが置かれた状況を伝える。見せたいものを、見せたいタイミングで。アトラクションにおける視線の誘導は、映画におけるカメラワークそのものと言ってもいい。

『おい！　なんだってそのボートに第９９６地区の工員が乗ってるんだ？　引き返せよ！　この先、何も面白いことなんかないぜ？』

タンクの陰から顔を出し、陽気な声で語るキャラクターの名前は、ピーター・P・ピーター。プラネット66の主人公で、陽気で奇矯な性格の青年だ。アトラクションが進むにつれ、ゲストたちはボートの暴走が彼の悪だくみによるものだと気づく。

『早くボートから降りろよ。無理？　じゃあ君たちも来るんだな。いいか、この工場の地下には……おっといけない、警備の連中だ。また後でな！　バーにしっかり摑まってろよ！　この先は何が起きるかわからないぞ……』

　ピーターの台詞をしっかりと聞かせたタイミングで、ボートは次の場面(シーン)へと入っていく。顔を撫でる熱気。建物の天井を染める紅の色。水路の両側にそびえたつ塔は、巨大な高炉の一部という設定だ。ピーターの悪だくみに巻き込まれたゲストたちは工場の奥へ奥へと導かれ、騒ぎはどんどん大きくなっていく――。

『巨大工場の地下に隠された「お宝」を見つけること。それがピーターの目的だった。ブルーストーンズ・バレーで採れる鉄や銅なんて比べ物にもならない、ものすごい資源がこの星の地下深くに眠っているのだと。政府はその宝を他国の目から隠すために、巨大な工場を建てた。見つけ出して、ほんの少しだけ拝借しようじゃないか。まとまった金さえあれば、今すぐにでも地球に帰れるんだからな！

　ボートは進み、場面が変わり、物語は次第に不穏な気配を帯びていく。セキュリティロボに追われるピーター。制御機械の故障、暴走――アトラクションの最終シーン、工場からの緊急脱出に向けて、ゲストたちの不安と期待を盛り上げていく構成だ。

　序盤から中盤にいたるまでの演出にも、いっさいの無駄がない。自作のジップラインでタンクからタンクへ移動するピーター。プレス機に押し込まれそうになる仲間。レーザーガンで撃たれ、火花を上げて倒れるセキュリティロボ。どこを見ていいかわからないほど賑(にぎ)やかで、それでいて必要な情報のすべてが伝わるようになっている。

燐太郎はまた唸り声を上げた。リニューアル前はもう少しごちゃごちゃとして雑多な感じだったが、今のバージョンは洗練されつくしていて、隙がない。置き換えられたプロップス、追加された特殊効果のひとつひとつを見逃さないように、進行方向、背後、左右、天井、水路の水に至るまで、慎重に視線を走らせていく。技術の粋を極めた出来に感動しながら、このアトラクションが抱える過去を思い、身を引き締める。

ここはパークの歴史の中で唯一、「人が死んでいる」アトラクションだ。

三年前、アトラクションの機械メンテナンスを担当していた職員のひとりが、ボートの点検中に亡くなった。事件性はなく、病死とされている。

死亡したのは機械メンテナンス部一課の課長、山本義史。当時五十六歳。仕事に関しては妥協を許さない人で、慎重に慎重を期してメンテナンスを行っていたそうだ。

山本はアトラクションの内部のすべてを知り尽くしていて、開発部の責任者よりも演出やプロップスのことを把握していたという——実際に、企画開発部の社員に意見を求められることもあったらしい。火薬の量はどうすべきか、あの場面のキャラクターの動きはもう少し速いほうがいいか、などと。彼の死後、「パニック」の機械メンテナンスの責任者は鴛鴦に引き継がれている。

人の死があるところに、噂は立つ。山本の件があってから、「パニック」では頻繁に幽霊が目撃されるようになった。高炉のシーンで、人の悲鳴が聞こえてくる。十三番ボートに乗ってすぐに左上を見ると、天井に人影が見える。水路から人の手が伸びてきて、腕を摑まれた。

これらはすべて、事実無根の噂でしかない。燐太郎自身がこの目で確かめている。高炉のシーンにも、ステーションの天井付近にも、幽霊の姿は認められなかった。水路から手を伸ばしていても、指先にすら何かが触れることはなかった。ここはパークを悩ませる「幽霊問題」的にはクリーンな場所であったのに。

山本さんがさまよえる霊となって、ここに留まっているのか――そうは思いたくない。

アトラクションはクライマックスの場面に差し掛かっている。

大小のコンテナが積まれた、巨大な倉庫。制御機械の暴走によって、ゲストを乗せた輸送ボートはここから外へと飛び出すことになる。

『工場の責任者は、君たちごとこのボートを爆破するつもりだ』と、ピーターの声。ゲストはここで、自分たちがこのプラネット66の資源開発をめぐる秘密に触れてしまったことを知る。目の前に迫る坂。キリキリキリと、不安を掻き立てるウインチの巻き上げの音――これは演出のひとつで、実際に機械が軋んでいるわけではないのだが。ボートが上方向に傾き、身体が背もたれに押し付けられる。燐太郎は安全バーを握りなおした。

暗い筒のようなシューターの先に、外の景色がわずかに見えていた。日はまだ明るい。ボートが高度を増していく。『何とかダストシューターの軌道に乗せたぞ。ここから外へ脱出するんだ！』『大丈夫、落ちても痛くないように――下にはマットレスを敷いてあるから。俺のベッドのやつだけど』というピーターのジョークが、余計に恐怖を煽る。燐太郎は目を見開いた。ゲストからの報告があったのはこの先、ドロップから着水に至るほんの二秒ほどのシーンだ。何事も、見逃すわけにはいかない。落下の瞬間も前後左右に注意を向けて、しっかりと確認するんだ。

下腹に力を入れる。シューターの先の空が、だんだん近くに迫ってくる。冷静な頭とは裏腹に、鼓動が速くなっていく。高度が頂点に達した。ほんの一瞬だけ、パークの全景が目の前に広がって――。

美しい、と思った次の瞬間に、ボートが急降下する。身体全体を切る風。内臓が空っぽになる感覚。その二秒ほどの時間が、止まって感じられた。

落ちた、来るぞ、と構えていた身体に、黒い水が浴びせられる。思わず手で顔を覆うほどの勢いだった。いつもの着水時に浴びる水とは比べ物にならない。ねばついていて、黒く、独特の臭いがある。滑りながらスピードを緩めるボートの中で身を起こして、燐太郎は顔を拭う。しかし手についているのはただの水だ。さっき浴びたはずの黒い水は、どこかに消え失せてしまっている。

着水地点は壁やプロップスで覆い隠されていて、外にいるゲストからは見えない。ボートが高度の頂点に達し、落ち始める瞬間だけがパーク内から見える設計になっている。着水時の水しぶきを直接確認できたのは、ボートに乗っている燐太郎だけだ。監視カメラの映像には、どう映ったのだろう。

『無事でよかったな、ここで見たことは秘密にしておいてくれよ……』というピーターの台詞に送られて、ボートはまたステーションへと戻ってくる。待機していた鴛鴦が駆け寄ってきた。

「どうだった？」

燐太郎は親指を立て、安全ベルトを外す。ばっちりと見えた、という意味のジェスチャーだったのだが、相手はそれをどう捉えたのか。片手で二の腕をこすりながら、鴛鴦が言葉を続ける。

「コントロールルームのカメラには、特に変わったものは映ってなかったという報告が入ってる。着水時の水量も色も、通常通りだったと」

「ゲストが報告してくれた通りですね。監視カメラや、落下時に撮影されるメモリアルフォトには映ってない。ボートに乗った人間だけが、黒い水を見たと言っている――」

ボートから降りる燐太郎を、鴛鴦は硬い表情で見つめていた。頷き、燐太郎はなるべく明るく響く声で続ける。

「確認できましたよ、くっきりはっきり。まさしく『黒い水』です。見た、というより、着水時に大量に浴びせかけられたという感じですが」

鴛鴦は燐太郎の頭からつま先までをじっくりと確かめて、わずかに顎を引く。燐太郎のシャツには、透明な水のあとしか残っていない。

「樋高くん。でも」

「一部の人には確かに見えて、記録には残らない。けれど確実に、何かが『ある』。今回の件、幽霊がらみの問題であると断定してもいいと思います」

沈黙。鴛鴦の表情は動かない。幽霊の仕業だと言われても、鴛鴦のような機械メンテナンス部の社員は納得がいかないだろう。アトラクションで起こる不具合は、すべて人の手で解決すべき問題だ。だが原因が機械の故障などではないとしたら、どれほど慎重にメンテナンスや点検を行っても、不具合は起こり続けることになる。入社して二年、燐太郎はひそかにそういった「原因不明」の問題を解決してきた。ほとんどの社員やアテンダントはこのことを知らない。噂が広まったとしても、まさに事実無根の噂として消えていくのが常だ。

鴛鴦は強く唇を嚙み、ステーションに横付けされたボートを見やった。視線を戻し、意を決したように口を開く。

「あなたやゲストを信じていないわけじゃない。でも実際に、監視カメラには何も映っていないの。水道管も徹底的に調べたし、あなたたちの言う黒い水が何なのか、現時点ではまったくわからないまま。それがわからないことには、解決のしようがない」

「そこなんですけど、鴛鴦さん。僕、わかったかもしれません。黒い水がなんなのか」

鴛鴦が切れ長の目を丸く見開く。

「原油ですよ。この工場の地下深くに眠ってると言われている、原油なんです」

「なんですって？」

鴛鴦が食いつくように言う。いつも静かに話す口調からは想像できない、高く上ずった声だった。

「鴛鴦さん。プラネット66のシーズン1の最終話で、主人公のピーターたちが工場の地下で『お宝』を発見しますよね。そのエピソードが、このアトラクションの元ネタにもなっていますが――お宝の正体は原油、主人公たちの生きる時代にはとっくに枯渇してしまった資源でした。誕生以降、生物が住み着いたことがないと言われているプラネット66に、なぜ原油が存在しているのか？　政府は何を隠しているのか？　という謎を残して、シーズン2に続く。そこから人類の歴史やら他の惑星の住人やらを巻き込んだ、壮大な物語に発展していくわけですが」

「アトラクションの中では、ピーターの狙う『お宝』が何なのか、具体的に語られることはない。けれど原作を知っている人にはわかってる。この工場の地下にはものすごい原油が眠っていて、金属加工場はその採掘を隠すための見せかけにしかすぎないってこと――っていう話でしょう」

「ファクトリー・ザ・パニックのアトラクションが初めて本国のアメリカで作られたときには、水路の水に色を混ぜる演出も検討されていたようです。ゲストが『地下から流れ出している原油』に気づけるようにと。服につくと落ちない、水にまざった色がすぐに拡散してしまう、などの理由ですぐに取りやめられたそうですが」

「原油を浴びせるような演出は、行われていない。本国でも、ここ日本のアトラクションでも」

「はい。だから、今回の黒い水は——演出の幽霊、とでも呼ぶべきだと思うんです。あるはずもないアトラクションの演出が、出現した。僕や、一部のゲストにしか見えない形で」

「演出の幽霊」

鴛鴦は唸るような声を上げ、目線だけで天井を見て、緩慢とした動作で腕組みをした。

「演出の幽霊です。特殊効果の幽霊、と言ってもいいかもしれませんが」

そのまま燐太郎に背を向ける。こわばった肩に、機械メンテナンス部の担当としての葛藤が見え隠れしていた。燐太郎はしばらくその姿を見つめる。困るよなあ。血まみれの幽霊が恨みつらみを吐きながら出てくるならまだしも、演出の幽霊が出たとか言われたって。だが、よくあることだ——幽霊は必ずしも、人間と同じ形、同じ見え方で出てきてくれるとは限らない。

「とりあえず、ボートの着水地点に塩をまいて、お清めをしておきます。防水加工したお札も持ってるので、水路の底、機械が干渉しない場所に貼っていただければ安心かもしれません。それが無理そうなら、着水地点にお水とお供え物をあげて、手を合わせましょう。僕もできることはやっておきます」

「防水加工したお札……塩……」

鴛鴦の背中から、消え入りそうな声が聞こえてくる。燐太郎は一歩踏み出し、振り向こうとしない相手に向かってさらに言葉をかけた。

「これは機械がらみの問題じゃない。ぼくはそう考えています。鴛鴦さんたちが、あれだけ慎重に点検をしてくださったんですから。この『特殊効果の幽霊』が何を狙っているかはわかりません。問題が解決する可能性があるなら、一通りのお祓いをやってみるのもありだと、僕は思っています」

鴛鴦は何も言わなかった。がらんとしたステーションに、わずかに波打つ水路の水の音だけが響き続けていた。

*

アトラクションから出てきたときには、日の光がいっそうまぶしく見える。

出口からの人の流れを外れて立ち止まり、燐太郎は大きく伸びをした。スタンバイ七十分表記で、入口からアトラクション終了まで六十八分か。悪くない所要時間だが、体感ではもっと並んでいた気もする。列の進みがゆっくりであることが関係しているのか、待機列の仕掛けやプロップスが少ないせいなのか。

ここ「ナッツビル・カントリー」はアメリカの農村地帯をモデルにしたエリアだ。庭師たちが丁寧に世話をしてくれている草木や花を「見どころ」としてアピールするのもいいかもしれない――手元の社用スマートフォンに、思いついたことをメモしておく。

私服姿の燐太郎は、はた目から見るとただのゲストとしか映らないだろう。

土曜らしくゲストの入りもなかなかで、ナッツビル・カントリーからサンライズ・コーストに抜ける通路もかなり混雑している。一時間半後に開始されるデイリーパレードの待機ゲストを、誘導担当のアテンダントがうまくコントロールしていた。スマートフォンを上着の胸ポケットにしまい、燐太郎も歩き出す。すれ違うゲストたちの会話が、聞くともなく耳に届いてくる。

「『パニック』、百八十分待ちってやばいね」

「今から並んだら、帰る時間に間に合わないって」

「まだいいほうじゃない？　ベイリーのグリーティング、去年の開園三十五周年のとき五百四十分待ちだったし――」

「待ってでも『パニック』乗って帰りたいな」

「メンテけっこう入るらしいよ。三時間並んで直前で止められたらえげつないわ……」

新しいショーやパレード、新発売のグッズ、リニューアルされたアトラクションといったものは、ゲストの話題に上りやすい。みんな新しいものを早く体験したいと望んでいる。ものすごく恐ろしい亡霊が出るらしいぞ、という噂など、誰も口にしていない。

自分が気にしすぎ、なのだろうか。

燐太郎の指摘を受けて、「パニック」の着水地点では簡単なお祓いが行われた――と言っても、着水地点の水路に軽く塩をまいて、社員やアテンダント数人で手を合わせただけなのだが。その後他の社員が試験乗車するも異常はなく、点検に点検を重ねた上で、今日のオープン時にアトラクションの運行は再開された。開園から七時間以上が経つが、今のところあの「黒い水」を見たというゲストは現れていない。

　務めは果たしたはずなのに、どことなく胸のうちがもやもやしている。パレード待機に関する注意を伝えるアナウンスを聞きながら、燐太郎は大きく息を吐いた。なんだろうな。機械メンテナンス部のトラブル対応と違って、ゴースト・ホスピタリティ係の燐太郎は「原因」を突き止めることを必ずしも求められているわけではない。ここに幽霊がいますよ、と指摘して、お供えなりお祓いなりを行う。それで異常がなくなればよし。謎を解く必要などない、と言ってしまえばそれまでなのだが。

「でも、なんか寂しいんだよな」

「『プレーリー通り』の景観のこと？　フードワゴンが移動になっちゃって、確かにちょっと空白感が強くなっちゃってるよねえ」

　斜め背後から聞こえてきた声に、燐太郎は振り返る。紺色のジャケットと、同系色のスラックス。糊（のり）のきいたターコイズブルーのシャツに、金色のベイリーのピンバッジ。真っ黒なちょび髭（ひげ）を生やしたその人物は、アテンダントたちのお手本のような明るい笑みを浮かべている。首には新発売のポップコーン・バケツが掛けられていた。これもまた新発売のミニフード用のトングを差し出しながら、ちょび髭の人物が言う。

「おいしいよ、チリペッパー味。『イソラ・デ・アマリージョ』エリアの限定販売っぽい味になってるよね」

「こんにちは、誉田さん。今日は巡回ですか——いただきますね」

トングを受け取り、ポップコーンをひとつつまんでから、燐太郎は言う。ちょび髭の人物は肩をすくめ、少しだけ小声になって返してきた。

「おはよう、だよ、おはよう。ここナッツビルではいつだって朝なんだから」

「そうでした——おはようございます」

ちょび髭の人物の名は、誉田和明。最終面接で燐太郎に「幽霊からのクレームにも対処できる?」と聞いた張本人だ。企画開発部の部長であり、今は燐太郎の直属の上司ということになる。

「ま、お互い今日は一番楽しい業務の日だよねえ。樋高君は私服調査でアトラクションの回転率のチェック。僕は巡回でパーク内の好きなところをふらふら。でも結局は仕事なんで、気、抜けないでしょ? って言われるけど、楽しいんだ、これが。一日自由に遊んでこいってパークに放たれる、これ以上の解放感があるかって話だよ」

「わかります」

燐太郎は食い気味に答える。あくまでも仕事だ、浮かれちゃいけないなどというのは建前で、燐太郎はこの私服調査を小学校時代の体育や図工の授業なみに楽しみにしていた。

「朝一でイソラの『ミステリー・オブ・ザ・キング』にスタンバイ四十五分で並んで、

午前のデイリーパレードの待機。そのあとはカルーセル前のフードワゴンで遅めの朝食を取って、クリーピー・スクエアの『スペクター・ラビリンス』をたっぷり四十五分かけて歩きました。平日としてはけっこう混雑してますが、いい回り方をしてると思います」

「ガチ勢のスケジューリングじゃない。僕はオープン一時間後に入ってまだ『パニック』ひとつにイソラの散策だけって感じかな。『パニック』、待ち時間の間にプラネット66のシーズン1を全部見ちゃう勢いだったよ。見てる？　アプリで全シーズン配信開始されてるの。4K対応で見られるようになったのは嬉しいよね、ほら」

誉田が差し出してきたスマートフォンを覗き込み、燐太郎はこくりと頷く。動画配信サービスのアプリが起動したままになっていて、プラネット66シーズン1の第八話のサムネイルが表示されていた。全身原油まみれになって、驚愕の表情を浮かべるピーター。巨大工場の地下に油田があると判明する回だ。

スマートフォンなどの普及のおかげで、最近ではパスに並んでいても退屈はしないようになっている。しかしパーク内にいるゲストには、なるべく液晶画面ではなく周囲の景観を見つめていてほしい。

「さすがにそれだけ並ばされると、満足度も下がりそうですね。リニューアルで内部はかなり変わりましたが、屋外の待機列にはもう一工夫がほしいところかと思いますが」

そう返した燐太郎の顔を、誉田はしばらくじっと見つめていた。とぼけているような、鋭いような、よくわからない視線。燐太郎は、ほんの少しだけこの表情が苦手だった。自分が急に小さな子供になったような気になるからだ。

「なんでしょう」

「樋高くん、今回のリニューアルのこと、ちょっと寂しく思ってる？」

「いいえ」

間をおかずに答え、燐太郎は誉田の顔を見つめ返す。道行くゲストたちの一部が、立ち話をする自分たちに視線を投げかけていた。ゲストは鋭い。自分たちが本社の人間で、パーク内の運営に関するあれこれを話していることに気づいているのだろう。

「ちょっと歩こうか。僕、昼は地下帝国で取ろうと思ってるんだけど」

「お供しますよ」

動き出した誉田の隣に並び、燐太郎も歩を進める。左右から、上から、地面から――あらゆる角度から入ってくる情報のひとつひとつに目を向けながら、ナッツビル・カントリーのなだらかな通路を歩いた。誉田は軽く笑みを浮かべたまま、何も言わない。燐太郎は口を開いた。

「『パニック』のリニューアル、僕はとてもいいと思っています。よりドラマの世界に近づけた気がしました。リニューアルで根本的に失われたものがあったとしても――それが何なのか、僕にはよくわかりません」

新しくなった『ファクトリー・ザ・パニック』に乗ったとき、燐太郎はまったく新しい技術に触れた高揚と同時に、どこかが抜け落ちたような気持ちを感じていたのだ。それが何で、自分がどこでそれを感じたのかも覚えていない――ただ、何かが「ない」と戸惑う感覚。慣れ親しんだアトラクションが様変わりしてしまった寂しさとも違う、奇妙な感情だった。

「あって当たり前のものって、なくなって初めて意識するんだよね。違和感を覚えるっていうかさ。毎日使う駅の前のテナントが貸店舗になってても、あれここって何があったっけ……何かがあったことは確かなのにな……ってなるあの感じ、もどかしいよね」

「もはや牛丼のチェーン店があったのか、眼鏡のお店があったのかすら、おぼつかないことがありますね」

「そうなんだよ。ただパーク内のことに関して、僕らがそれじゃだめなんだけど」

「『パニック』のリニューアル前のバージョン、僕は完璧(かんぺき)に覚えてるぞって自信があったんです。それこそ年に六百回くらいのレベルで乗ってますから。でも、わからないんです。何が抜け落ちてるか、どこが変わってしまったのかが、本当に見えてこないんですよ」

「樋高君がわからないようじゃ、ほんとにわかりにくい、というか、比較対象のない間違い探しレベルで難しいことなんだろうけど――」

誉田はさりげなくゲスト用の通路を逸(そ)れ、レストランの建物裏へ入っていった。地下帝国に続く扉を開け、殺風景な階段を下り始める。ナッツビル・カントリーエリアの制服を着たアテンダントが、二人に頭を下げてすれ違っていった。燐太郎と誉田も会釈を返す。パークでは常時五千人ほどのアテンダントやスタッフが働いている。地下帝国は今日も、街中のように賑やかだ。

「樋高くん。僕はね、批判を恐れずにどんどん変化していくべきだと思ってるんだ。パークも、人もね。でも、ゲストに迷惑がかかることだとか、負担を強いるような変革は、もちろんやっちゃいけない。今回のこと──『パニック』で異変が起きたのって、リニューアルが関係してると思うかい？　幽霊を呼んでしまうだけの理由が、今回の改修にあったって」

「わかりません」

「君、わからないことは本当にすがすがしく、わからないって言うなあ。そういうとこ、好きだけどね」

「本当にわからないんです。『パニック』に関しては、幽霊の目撃情報そのものが以前からありましたので。どんな幽霊かっていうのがよくわかってないんですけど、とにかく、出るんだって」

鈍角に折れる廊下を曲がりながら、燐太郎は首を横に振ってみせた。前からやってきた清掃ワゴンに道を譲り、会釈をする。ワゴンを押す清掃員の二人は、新しくなった従業員食堂のメニューについての話に花を咲かせていた。うん、と唸るような声を漏らしてから、誉田が言う。

「パーク内ではあっちこっちで幽霊が出る。それは単なる噂にすぎなくて、本当にそんなものがいるかどうかもわからない」

「はい」

「けれど君は正確に幽霊のいるところを言い当てて、お祓いとかしちゃう。それで異常がぴたりとおさまったりする」

「正しく対処できていれば、そうなる感じです。今回のことは——ちょっと——だめですね。トラブルはおさまったみたいですが、原因がはっきりわかったとは言い難いです。演出の幽霊だなんて、なんだかもやっとしていますし。もっとこう、はっきりとした姿の幽霊が出てきてほしいところなんですけれど」

「はっきりとした、幽霊」

「はい。明確に、そいつだ、と思えるようなやつです」

「それで、そいつが出てきたら？」

「ボコボコのバチバチにしてやりますよ。ゲストの安全を考えると、よくないことじゃないですか」

拳を振り上げる燐太郎の顔を見ながら、誉田はポップコーン・バケツの蓋を静かに閉めた。地下帝国の通路は飲食禁止なのだ。

誉田は笑い、左の人差し指でちょび髭の先を整えるような仕草をする。ふふ、と声を漏らす相手に、燐太郎はたまらず声をかけた。

「今の受け答え、アテンダントとしてはまずい感じでしたか」

「いやいや、君、幽霊相手のトラブル対応に関しては過激なところあるよね、って思ってさ。でも、そうだなあ。僕もいま急死したりしたら、間違いなくパーク内の地縛霊になっちゃうなって思ったりもしてね。その場から離れられないなら、楽しい場所を選びたいじゃない」

「それはわかります。業務から離れて一年中いられるなんて、最高ですから」

即答した燐太郎に、誉田が笑顔を見せる。

「ね。だからさ、パーク内に幽霊が出てきたとしても、ちょっとだけ優しく対応してあげてほしいんだ。もしかしたら、その幽霊も――生きているときにはゲストだった人かもしれないしさ。あるいは、僕らと同じ、ワールド・ワンダー社の社員かアテンダントだった人かもしれない」

「社員、ですか」

「『パニック』の担当だった山本課長ね。あの人も、パークが大好きだったなあ。メンテナンス担当だけど、よく僕ら企画開発の人間も演出についての相談とかしたものだよ。ちょっとした視線誘導でアトラクションの印象って変わるからね。実現できない仕掛けもあったけど、本国にもない仕掛けをいろいろ試せたのは、山本課長のおかげかもしれない」

「今回の『パニック』の異常は――」

誉田が立ち止まり、燐太郎も歩を止める。ちょび髭の下から覗く口元は、軽く引き結ばれていた。

「アトラクションの演出に関わることです。亡くなられた山本さんに、何か関係があるのではないでしょうか」

「どうだろう。わからないや。何かの警告なのか、メッセージなのか、僕にはよくわからない」

わからない、という言葉を繰り返し、誉田はくるりと首を巡らせる。すぐそばの従業員用食堂から、スパイシーな匂いが漂ってきた。

「あ、さっき清掃スタッフさんが話してた新メニューってこれか。担々カルボナーラ。パーク内で出すメニューの試作って噂もあるし、昼はこれにしよう。樋高君は？」

「僕はパークに戻ります。レストランの回転率も、個人的に調べておきたいので」

「OK。ここまで付き合ってくれてありがとう。じゃあ、私服調査、引き続きがんばって」

ひらりと手を振り、誉田は従業員食堂へ入っていく。その姿を見送ってから、燐太郎は踵を返す。廊下の先にたたずむ人物が目に入って、思わず声を上げた。

「あれ？　鴛鴦さん」

S553控室の前に、鴛鴦が立っていた。口を引き結び、部屋の中をじっと見つめている様子だ。燐太郎の存在に気づいて首を巡らせ、鴛鴦は何も言わずに頭を下げる。燐太郎が近寄る前に、速い歩みでその場を離れてしまった。背中に、どこか疲れが滲（にじ）んでいる。夜通しのメンテナンスでパーク内に残っていたと聞いたが、大丈夫なのだろうか。

鴛鴦が立っていた位置まで歩き、燐太郎はS553控室を覗く。今回のリニューアルで撤去されたらしいファクトリー・ザ・パニックのプロップスが置かれていた。金属製のバケツに、古い冷蔵庫を改造したもの。動かなくなってしまったセキュリティロボ。みんな、アトラクションの中のどの位置にあったかなど、誰も覚えていないようなものばかりだ。片足の取れたセキュリティロボを見つめながら、燐太郎はしばらくその場にたたずむ。

変革は、必要だ。進む時代を追い越そうとするのならば、それ以上のスピードで走り続けるしかないのだから。

*

イソラ・デ・アマリージョエリアの出入り口から地上に出て、燐太郎はパークの中へと戻る。私服姿の自分が関係者専用エリアから出てきたことに気づかれないよう、ゲストの視線が逸れたタイミングで人の流れに合流した。フリーフォール型のライド、ミステリー・オブ・ザ・キングの出口近く。アトラクションから出てきたゲストの興奮した会話が、耳に届いてくる。

「やばかった。内臓全部もってかれるかと思った」

「五十メートルくらい落ちた気がしたけど、建物見るとそんな高くないんだ」

「パークの中で一番高い建造物はあの観覧車だからね」

「落ちるとき、周りの壁も動かして、高いところからものすごいスピードで落ちてるように見せてるらしいよ。だから、実際に落ちてる距離はそうでもないっていう」

「絶叫に慣れてるともうちょっと落ちてほしいとも思うわ……」

ポケットに入れておいた社用スマートフォンを取り出し、さりげなくメモを取る。仕掛けがわかると恐怖も半減。落下の制御を変えて、絶叫に慣れた人にもスリルを感じてもらえるように――手品めいた仕掛けも、ライドの軌道やそのシステム制御の方法も、少し調べれば誰もが知ることのできる時代だ。「不思議」や「神秘」を維持し続けるのは、決して簡単なことではない。

サンライズ・コースト方面に向かう通路を歩きながら、燐太郎はまたファクトリー・ザ・パニックのことに思いを巡らせる。黒い水。異常の見つからない水路。撤去されたプロップス。あらゆる要素が繫がりもなく漂っているかのようで、つかみどころがない。

どうしてあのアトラクションの中で、あの場所で、黒い水――原油と思われるものが目撃されたのか。すべての人間がそれに遭遇するわけではなく、なぜ報告をしてくれたゲストと自分だけがその水を目撃したのか。アトラクションの中で以前から目撃されている幽霊の件は、結局噂でしかなかったのか？　考えるほど、わからなくなってしまう。

会ったことのないひとりの社員の名前が、頭の中をちらつく。

メンテナンス部門の課長、山本義史。アトラクションの演出にも、助言を求められる立場だったという。

演出。安全確認。もし自分が、山本の立場であったならば――。

手元のスマートフォンが震え、思考が断ち切られる。登録のない番号。応答ボタンを押し、燐太郎は小声で答えた。

「はい。樋高です」

「樋高さん――五十三番、小西です。今、どちらにいらっしゃいますか」

ブルーストーンズ・バレー所属のアトラクション・アテンダント、小西からの連絡だ。燐太郎は小声で応答する。

「イソラからサンライズに抜けるあたりです。どうされましたか」

「『パニック』、緊急停止しました。昨日の事案と同じようです。ゲストがドロップのあとに黒い水を見たと言っておりまして……今、メンテナンス部に点検に入ってもらっています。鴛鴦班長が樋高さんを呼ぶように、とのことでしたのでお電話したのですが」

「わかりました。すぐに行きます」

スマートフォンをしまい、燐太郎は踵を返す。少し引き返したところで、センター・キャラバン方面へ向かう通路に入り、ブルーストーンズ・バレーの北西入口へ。走らないように歩調を抑えるが、胸の高鳴りはおさまらなかった。すれ違うゲストからも、また「パニック」停止か、昨日もじゃなかったのかと言う声がちらほら聞こえてくる。今頃はSNSでも拡散されているだろう。疲れ切った鴛鴦の背中。がっかりしたゲストの顔。脳裏を過ぎるものを振り切りながら、二分足らずでファクトリー・ザ・パニックの入口付近に着く。「調整中」の表示を見たゲストたちが、落胆した様子で引き返して行くのが見えた。

「樋高さん」

小西に手招きされ、建物の陰へと歩いていく。小西は少し青い顔をして、燐太郎を従業員専用の通用口へと導いた。足早に追いながら、燐太郎は問いかける。

「またですか。同じところで？」

「昨日報告をしてくれたゲストとは別の方ですが、内容はほぼ同じです。落下直後に黒い水を浴びたと。その人は、『石油みたいな』臭いがしたともおっしゃっています。パークにはよく通われている方で、プラネット66の原作にも詳しいようですが……」

常連のゲスト。燐太郎。アトラクションに乗りなれている者の前にしか、現れない怪奇現象――。

「こちらへ」

扉を出た先は、ステーションの船着き場だった。鴛鴦を含め、メンテナンス部の社員たちが六人ほど集まっている。水中に潜ってレールの状態などを確かめるダイバーの姿もあった。皆、難しい顔をして口々に何かを言い交わしている。機器に異常はなし。ボートにも問題はない。昨日異常が報告されたものとは別のボートだ。水路にも、水中のレールにも、水にも、ボートにも、どこにも原因が見つからないとは！

送ってくれた小西に頭を下げ、燐太郎は人の輪に近づいていく。メンテナンス部の社員たちはそんな燐太郎を一瞥して軽く頭を下げ、また会話に戻ってしまった。「ゴースト・ホスピタリティ係」としての燐太郎の仕事を、まともにとらえる人はいない。せいぜい、「点検後のアトラクションにゲスト目線で試乗してもらう」ための要員、といったところか。

ただひとり、鴛鴦だけが燐太郎の姿を見て、近くに歩み寄ってくる。地下帝国で見たときよりもさらに疲れた顔をした鴛鴦が、かすれた声で言った。

「同じ。また、同じ。最後のドロップのあとに、ゲストが黒い水を浴びたと言っている。今回のゲストは『石油じゃないか』とまで言ってた。あなたが言っていた通り――」

さまよう鴛鴦の視線が、ステーションに停泊するボートを、水路に沈んでいるレールを、侃々諤々と意見を交わす仲間たちを、そして黙ったままの燐太郎の顔を撫でる。

「リニューアルが関係してるの？」

鴛鴦の言葉は、燐太郎に向けられたものではなかった。眉間にしわを寄せ、自責するかのような強い口調で、鴛鴦は続ける。

「今回のリニューアル、やってはいけないことだったの？　アトラクションを動かすな、安全が保障されてないというメッセージ？　機器も増えた。制御も難しくなった。だからこそ、メンテナンスは慎重にしてきたつもりだったのに」

「鴛鴦班長」

「刺激が増えれば、危険も増える。それは嫌っていうほどわかってる。だからと言って、そんな仕掛けは導入できませんなんて言いたくなかった。だから、だから――」

「鴛鴦さん」

二度目の呼びかけに、鴛鴦はようやく燐太郎と目を合わせた。相手の視線を逃さないよう、燐太郎はまっすぐに見つめる。

「鴛鴦さん。今回のリニューアルに関して、もし山本さんが『パニック』のメンテナンス責任者だったとしたら――どうお考えになったと思いますか」

鴛鴦は一瞬だけ、はっとしたような表情を見せた。名前は出さずとも、ずっと気にかけていたのだろう。山本から引き継いだ仕事を、自分は完璧にできているだろうか、と。

彼女自身がそれにどんな答えを用意しているのかはわからない。燐太郎の答えは、「最高によくできている」だ。鴛鴦たちメンテナンス部のメンバーに落ち度はない。

「……寂しいね、とは、言ったでしょうね」

鴛鴦がぽつりと答える。ふとさまよった視線が、真新しく塗り替えられたボートたちを捉えた気がした。

「開業当時からこのアトラクションに関わってた人だったから。昔は、もっと手作り感が強かったし。でも、新しくすることに関して反対はしなかったと思う。技術は進化していくものだからって。機械を相手にする自分たちが、それを恐れちゃいけないとも言っていた」

「わかります」

燐太郎は頷く。ほつれた髪を耳にかけ、鴛鴦が吐息まじりに言った。

「……ここに出る幽霊の噂ね、山本さんが出所なの」

「えっ?」

「周りは単なる冗談だと思ってたみたい。山本さんも笑いながら話すことが多かったけど、たまに、あ、本当の話なのかなって思うこともあった。また見ちゃったよ、たまらないな、なんて。どんな幽霊を見てたのかは、とうとう話してくれなかったけど」

燐太郎は顎に指先を当てた。アトラクションの幽霊の噂は、山本の目撃情報が元になっていたのか。だとすると——山本が生きていたときから、このアトラクションには幽霊が居着いていたということになる。

それが、今もここにいるのならば。

「鴛鴦さん。ボート、もう動かせますか」

燐太郎の問いかけに、鴛鴦は少し身構えた。

「いつでも。テスト走行、してくれるの?」

「行きます。今度こそ、黒い水の出所を突き止めないと」

鴛鴦は頷き、少し離れたところに立つメンテナンス部のメンバーのところに歩いて行った。二、三、言葉を交わし、燐太郎に視線で合図を送る。左列の先頭に乗るように、との指示。ステーションの端近くまで歩いていき、燐太郎は空っぽのボートへ足を踏み入れた。船体がわずかに揺れる。今回のボートは、トータス号。前に乗ったスネーク号とはまた別の船だ。

安全ベルトを締め、鴛鴦たちに向かって親指を立てる。少しの間をおいて、ボートがすべるように動き始める。発進すると同時に、アトラクション内部の仕掛けも動き始めたようだ——引き返せ！　戻れ！　と叫ぶ声。機械仕掛けの人形たちは、正常に動いている。ボートも。水路の水も。鴛鴦たちが確認した通り、機械やプロップスに関する不具合は、どこにも見つからない。

なのに、乗船したゲストの二人は、黒い水を見たという。クライマックスのシーン、ボートが落下した直後に——水しぶきが大量にあがる場面で、ただでさえ視界が悪くなるところだ。視界。その言葉にひっかかりを覚えて、燐太郎は少し姿勢を正す。どこを見て、どこを楽しむか。アトラクションにはしばしば、錯覚の魔法が使われる。壁を動かすことでより速く動いているように見せたり、物の大小で遠近を表現したり……少しでも視線がずれると、その仕掛けがたちまちうまく機能しなくなることだってあるのだ。マニアは逆に、そんな仕掛けの秘密を見抜いてやろうとして、普段は見ないようなところにまで目を凝らしたりもする。黒い水を見たというゲストは二人とも、かなりの常連であった。おそらくは何百回と、このアトラクションを体験しているに違いない。燐太郎があますところなく視線を走らせていたように――彼らもまた――。

視線。

どこを見せて、どこを見せるべきではないか。

「どこを見ていた？」

巻き上げの音を響かせながら、ボートがゆっくりと上昇していく。緊張と、不安を高める助走。ほとんどの人は、身を硬くして落下の時を待っているかもしれない。余裕のある人は、シューターの先に覗く空を見つめ、期待に胸を躍らせていることだろう。誰も――そんなところなど、見やしない。燐太郎のように、慣れたゲストのように、わざわざ見ようとしない限りは。落下の瞬間の記憶は曖昧だが、あの時燐太郎は「その場所」を見ようとしたに違いないのだ。だからこそ、黒い水を見た。全身に降りかかる、石油を模した水を浴びてしまったのだ。

だとすれば。

ボートが最高高度に達し、ほんのわずかな間をおいて、落下する。安全バーを握りしめたまま、燐太郎は必死で身体をささえ、「そちら」を見た――やはり。思うと同時に、またあの黒い水が襲い掛かってくる。遮られる視界と、鼻をつく油のような臭い。その一瞬の間で、燐太郎は高鳴る鼓動に息を荒らげていた。工場の地下に眠る原油を発見したピーターも、こんな気持ちだったのだろうかと考えながら。

速度を落としたボートが、静かにステーションの中へと入っていく。手荷物の置忘れと、乗り降りの際の足元を注意するアナウンス。待機していた鴛鴦が、また足早に駆け寄ってきた。

「樋高くん。どうだったの？　まさか、また——」

「見ました。鴛鴦さん、黒い水の出所、はっきりと見ましたよ」

その言葉に、鴛鴦が目を丸くする。メンテナンス部のメンバーたちも、互いに顔を見合わせていた。ボートから降りず、片手を差し伸べて、燐太郎は再び鴛鴦に声をかける。

「乗ってください、鴛鴦班長」

「え」

短い声を漏らして、鴛鴦は視線をさまよわせた。メンテナンス部のメンバーは、燐太郎の顔と鴛鴦の顔を見比べている。鴛鴦はそんな周囲の人間をくるりと見回してから、とても小さな声で言った。

「私が？」

「おそらくは、ボートに乗らないと見えないものだと思います。鴛鴦さんに直接、確めていただきたいんです」

「それは——たまに、テスト走行で乗ったりもするけど——年に一、二回、あるかないかのことで——」

鴛鴦の顔が、みるみる青くなっていく。燐太郎は差し伸べた手を引かなかった。

「樋高くん」

さっきよりも、もっともっと小さな声だった。

「私、実は絶叫系が苦手なの」

「そうだったんですか。でも、鴛鴦さんに確かめてほしいんです。誰よりも『パニック』のことを見続けてきた、鴛鴦さんに」

どうしてですか、あんなに楽しいのに！　という言葉を神妙な表情と言葉に変換して、燐太郎はゆっくりと頷いた。普段であれば強制はしない。だが、今回のことは鴛鴦にこそ確認してほしいのだ。彼女が懸命に取り組んできたアトラクションの問題は、彼女の手で解決してほしい。

鴛鴦はしばらく視線をさまよわせた後、意を決したように足を踏み出し、燐太郎の横へと乗り込んできた。メンテナンス部のメンバーが、代わりましょうか、大丈夫ですかと声をかけてくる。それを制して、鴛鴦は燐太郎に向かって頷いた。燐太郎も頷く。ステーションに残っていたメンバーのひとりが、しばらくためらったのち、制御室に指示を出した。

「トータス号、ベルト確認ＯＫ。テスト走行開始してください」

ボートがゆっくりと動き出す。舞台の幕開けのように、周囲の景色が物語の中へと入り込んでいく。燐太郎の横で身を硬くしていた鴛鴦が、ぽつりと言葉を漏らした。

「すごい……」

本物の人間のように動く機械たちと、ドラマの中の世界を徹底的に再現した装置。きらめく光を瞳に映した鴛鴦が、また感嘆を込めた声で言った。

「すごい。普段から、動かしてるところは見慣れてるはずなのに。ボートからだと、また違って見えるみたい」

「視線の動きが計算されていますものね。どこを見せたいか、っていう作り手の工夫が詰め込まれているんだと思います」

　鴛鴦はしばらく何も言わなかった。ただ、見慣れているはずの機械たちが生き生きと動く様に、見入っている様子であった。その横顔をしばらく見守ってから、燐太郎は口を開く。

「山本さんは——演出に関しても助言を求められる立場だった、とお聞きしています。装置をどう動かして、水路の水の量をどれくらいにすれば効果的か、ということについても熟知していたと」

　鴛鴦が燐太郎の顔を見る。ボートは高炉の場面を抜けるところに差し掛かっていた。あと二分ほどでシューターに着く計算だ。

「僕が思うに、山本さんは誰よりもこのアトラクションのことを知っていて、誰よりもこのアトラクションのことを気にかけていたんじゃないでしょうか。だから、山本さんがアトラクションの運営を邪魔するはずなんかない——と、僕は考えているんです。今回の現象に彼が関わっているのなら、何か別のメッセージがあるのではないかと。そしてそれは、アトラクションの点検に関わる問題じゃない。鴛鴦さんたちが、危機の不具合や異常を見逃しているとは思いませんから」

鴛鴦は何も言わなかった。燐太郎の言葉に聞き入っているのか、迫りくる落下に身構えてか、安全バーを握ったままで正面に向きなおり、身を硬くしている。

「だから、僕は別のところに原因があるんじゃないかと思ったんです。水路やボートのどこを探しても、異常は見つからない。けれど——アトラクションの演出というものは、必ずしもそう見える場面にその仕掛けが隠されているとは限らないんです。落下する速度を速く感じさせるために壁が動いていたり、タンクから響いてくる爆発音が、別の位置につけられたスピーカーから鳴っていたりするのと同じように。ただ、体験する側からそう見えればいいんです。黒い水にしても——必ずしも、水路にその水を仕掛けておく必要はない——」

鴛鴦がはっと首を巡らせてくる。ピーターの警告。ボートは筒状のシューターの中へとゆっくり吸い込まれ、徐々にその高度を増していく。

「鴛鴦さん」

自分を凝視する相手の目を見て、燐太郎は言う。

「ここからは、絶対に目を閉じないでください。僕が見て、と言ったタイミングで、上を見るんです」

鴛鴦の顔が真っ白になった。ボートはもう最高高度へと到達しようとしている。シューターの先から、抜けるように青い空が見えている。鴛鴦が首を横に振った。今まで生きてきたことのすべてを後悔しているような表情だった。

「無理」

「がんばってください！」

「いや、それは、無理――！」

響き渡る声。鴛鴦の叫びを置き去りにするかのように、ボートは一気に落下する。着水するまでの時間は、わずか二秒ほど。燐太郎は叫んだ。ボートが水路の水を切る、その直前ぎりぎりのタイミングまで待って、声の限りに叫んだ。

「見て！」

背を丸めた鴛鴦が、必死で顔を上げる。燐太郎も顎を高く上げ、背筋を伸ばす。それが目に入ったのは、ほんの一瞬だった。

シューターの出口付近。原油にまみれた姿で天井のパイプにもたれかかり、こちらに視線を投げている人間。その身体が、熱したチョコレートのように溶ける。液状化した肉体が重力に負けて落下し、そして――。

着水すると同時に、その黒い水は燐太郎たちの視界を覆い、撥ね上げられた水路の水と混ざって、すぐに見えなくなってしまった。上から降ってきたものであると気づいていなければ、あたかも水路から黒い水が跳ね上がってきたかのように思えることだろう。前髪と肩を濡らした鴛鴦が、息を荒くしたままで燐太郎の顔を見た。唇が、白く色を失っていた。

「今の」

シューターの出口付近で燐太郎たちを待っていたものはもちろん、生きた人間ではない。しかしその姿は、鴛鴦にもはっきりと確かめられたようだ。

「今、の——私にも見えた。油まみれの、人、みたいな——」

「原作のエピソードの再現でしょうね。ピーターが原油の沼に落ちて、油まみれになる。本国でこのアトラクションが開発されたときにそのシーンを再現する案があったようですが、油の処理の問題がうまくいかずにやめてしまったようです。水路に黒い水を混ぜてしまうと、ゲストの服を汚してしまいますし」

「それ——樋高くんが前に言っていた、演出の幽霊——」

「あるいは、このアトラクションの演出のことを気にかけていた幽霊、です」

鴛鴦が何かに気づいたような表情を見せる。速度を落としたボートに揺られながら、燐太郎は問いかけた。

「鴛鴦さん。シューターの出口付近に出現した油まみれの幽霊は、山本さんでしたか」

「わからない」

鴛鴦は首を振る。ボートはゆっくりと、黄色い照明に照らし出されたステーションへと入っていく。

「一瞬だったからわからないけど、山本さんだったような気もする。でも、どうして？」

「僕にも確信はできませんが、あの人物が山本さんであったとしたら——彼が伝えたいことが、わかった気がするんです。伝えたいことというより、意図、と言ったほうがいいでしょうか」

鴛鴦が首を傾げると同時に、ボートはステーションの乗降場で停止する。手を震わせている相手の安全ベルトのロックを解除してやり、燐太郎も自らのベルトを外した。二人でボートを降りる。歩み寄ってくるメンテナンス部のメンバーに、鴛鴦が手を挙げて「大丈夫だ」と示す。

「鴛鴦さん。もう少しだけ、お付き合いいただけますか。着水地点の水路脇に行ってみたいんです」

メンバーが鴛鴦の顔を確かめる。鴛鴦は少し赤味の戻った顔で、しっかりと頷いた。

「……わかった。行きましょう」

ステーションの端にある扉から、通用口へ。コースの進行方向とは逆に向かって、鴛鴦は歩いていく。金属製の小さな扉を出た先は屋外、ボートの落下地点のすぐわきにあたる場所だった。

「ここにはね――何もないの。何もなくなった、と言ったほうがいいかもしれない。前はちょっとしたプロップスを置いてたんだけどね。ゲストが見るような場所じゃないし、アトラクションの物語とも関係ないから、すっきりさせましょうって」

「片足の取れたセキュリティロボなんかがあったところですね。みんな、今は地下帝国で眠っているようですが。たぶん――僕、この位置の写真を撮ってた気がします。ちょっと待ってください」

私服姿でパーク内を巡回する時は、私用の電子機器を持ち歩くことが認められている。上着のポケットからスマートフォンを取り出し、燐太郎は写真フォルダを開いた。日付とカテゴリから目当てのものを検索する。ステーションまでの通路と屋外、ふたつの撮影許可エリアで撮ったファクトリー・ザ・パニックの写真だ。落下地点の左、わずかなスペースを捉えた一枚に、片足のないセキュリティロボットが写っている。

写真を見た鴛鴦が、大きく目を見開く。感嘆を込めた口調で答えた。

「こんなところ、よく写真に撮ってたね。普通は見ようとしない」

「僕だけじゃないかもしれません。前のバージョンを何度も何度も体験してるゲストも、毎日点検を行ってる鴛鴦さんや――山本さんも、ここを見たことがあるはずです。けれど、鴛鴦さんの言うように、普通の人は見ようとしない場所です。ボートに乗っているゲストはだいたい目をつむるか正面を見るかで、落下地点の左右なんて見てはいないですからね。でも、僕や常連のゲストたちは無意識に、そこを見ようとしていたんだと思います――そういえばあの片足のないロボット、どうなったんだろうなって。けれど、それ以上に目を奪われるものがあって、そちらを見る余裕がなくなってしまった。あの黒い水は、いわば見せたくないものを見せないようにする、カムフラージュとしての演出だったんです。黒い水に気を取られて、目をつむってしまう。黒い水の出どころを探す僕らは、水路やボートばかりを調べてしまう。出口付近の上部に出現する幽霊の存在に気づいてしまえば、そしてそれが水の出所だとわかれば、それ以上はもう探さない——本当に怖いものが近くに出現していたとしても、そちらのほうは見なくて済む、ということです」

「本当に——怖いもの——」

鴛鴦が身を硬くする。一歩踏み出し、相手を目で促してから、燐太郎は歩き出す。落下地点のすぐ横。水路の両脇にある陸地の、端の端。片足のロボットが置かれていた場所の目の前に、ふたりで立つ。錆（さび）の浮いた鉄製の地面を見て、鴛鴦が先に声を上げた。

「これ——」

地面に幾重にも走る、筋のようなもの。足を引きずる人間の足跡のようにも見える。その筋は一本の線を描き、いびつな渦巻きを作っていた。まるでその場に現れたものが、水路に向かおうとさまよっているかのように。

「山本さんは、アトラクションの中で幽霊を見たと言っていたんですよね」

口を手で覆い、鴛鴦は頷いた。渦を巻く「足跡」に視線を投げて、燐太郎は言う。

「撤去したプロップスを、元に戻しましょう」

鴛鴦が首を縦に振る。口を覆ったままの相手に、燐太郎は頷き返す。

「山本さんがここで何を目撃していたのか、今の僕らは知ることができません。ですが、彼はおそらく、ここに出るものから僕らの目を逸（そ）らしたかったんだと思います。ここに出るものを、誰にも見せたくなかった。ゲストや僕らがそれを目撃して、恐ろしい思いをしないように」

水路の水は、静かに揺らめいている。鴛鴦は何も言わず、錆色(さびいろ)の地面の片隅をじっと見つめ続けていた。

＊

ゲストとして訪れたとき、アテンダントの制服に身を包んでいるとき、私服姿で調査を行っているとき——パークはそれぞれの立場に立つたびに、違う表情を見せてくれる。

平日の午前、燐太郎は観覧車そばの噴水前でゲストたちに手を振り、良い一日を祝福する言葉を送り続けていた。

パーク内一美しいと言われるセンター・キャラバンの制服目当てか、燐太郎の姿を写真におさめて行くゲストもいる。快晴、無風。今日はパレードも予定通りに行われるだろう。メンテナンスに入っているアトラクションはない。ちょうどいい混雑の具合といい、パークを思う存分楽しむには最上の日とも言えた。

駆け寄って来た子供と写真を撮り、記念日のゲストに渡すステッカーを配り、燐太郎は手を振り続ける。こちらに向かって近寄ってくる見知った相手も、最高の笑顔を崩すことなく迎えた。立ち止まった相手に、深々とお辞儀をする。

「ようこそ、ベイリー。今日はショーもお休みですか」

「……当たり前だけど、ちゃんとベイリー扱いしてくれるんだね。このカチューシャつけてると」

　私服姿にベイリーのカチューシャをつけた鴛鴦は、オンの日には絶対に見せないような笑みを浮かべた。今は従業員感謝ウィークの期間中だ。オフの社員やアルバイト職員は、通常の半額の料金でパークに入ることができる。普段の業務を忘れて、たっぷり遊ぶのもいい。

「ベイリーはいつも人気者で、頑張ってますから。今日は思いっきり羽、いや鼻を伸ばしちゃってください。ちなみに僕のおすすめは、巨大工場見学ですね。ここだけの話、あの工場の地下にはすっごいお宝が眠ってるらしいですよ」

　燐太郎の言葉に、鴛鴦は声を上げて笑う。それからふっと表情を消し、まっすぐな視線になって言った。

「よかった。『パニック』、緊急メンテナンス入ってないみたいで」

「ええ。本当に」

　撤去されたプロップスを元に戻して、一週間あまり。あれ以来黒い水を見たというゲストは現れていない。落下地点の水路横の空間でも——何も目撃されてはいなかった。新しくなったアトラクションは日々フル稼働し、多くのゲストを楽しませている。

「ごめんね、樋高くん。初めから、あなたのやることをもっと真剣に受け止めればよかったんだけど——幽霊がらみの事件だと——」

「とんでもありません、素敵なお客さま。お客さまは懸命に僕の話を聞いてくださいましたよ。勇気をもって、暴走するボートにも乗ってくださいましたし」

燐太郎はあくまでも相手をゲストとして扱い、周囲から見ても不自然でないようにふるまう。鴛鴦が私服を着ている以上、今はもてなす側ともてなされる側だ。その丁寧な物腰に戸惑ってか、鴛鴦は一瞬だけ言葉を止め、それから笑いを漏らして続けた。

「機械メンテナンスってある意味閉じた部署でね。自分たちの仕事にばっかりかまけてると、見えなくなるものがあるみたい。もうちょっと、他の業務内容にも興味を持たないとね。山本さんみたいに、演出についてアドバイスができるくらいにはならなくちゃ」

「最高ですね。でも、アトラクションのことを心配するあまり、生霊を飛ばしたりはしないでくださいよ」

鴛鴦はまた笑い、それから口元を結ぶ。パレード開始時刻のアナウンスを聞いて空を見上げ、身を翻した。

「たまにはパレードも見ていく。じゃあ、樋高くんもがんばって。通常業務に幽霊対応と、いろいろ忙しいでしょうけど」

「ええ、それでも最高に楽しいですよ。いろんなエリアでいろんなアトラクションに乗れたりしますし——行ってらっしゃい。ベイリーパレードなら、ナッツビルのプレーリー通りで待機するのがおすすめですよ。ベイリーが写真映えする角度なので」

手を振る燐太郎に、鴛鴦も手を振り返す。その姿を見送りながら、燐太郎はふんわりとした満足感を覚えていた。鴛鴦の言う通り、これが自分の仕事、最高に楽しい使命だ。

ここワールド・ワンダー・パークでは、しょっちゅう幽霊が目撃される。ただの噂でしかないものも、噂ではないものも。それにひとつひとつ向き合い、解決していく。生きているゲストに対応するのと同じことだ。ただひとつ違うのは――彼らは、ここにいてはいけない存在だということ。どんな事情があれ、できるだけ早く退場してもらわなければいけない。

燐太郎には譲れない信条がある。テーマパークは安全で、笑顔に満ちたものであるべきだという信条が。幸せのあふれるパークに、幽霊は似つかわしくない。ここは彼らの住む場所ではないと、はっきり意思表示をする必要があるのだ。

誉田の言葉は――今の燐太郎には、どうしても受け容れられない。

シャツの襟を正し、また笑顔で手を振りながら、燐太郎は同じ言葉を心の中で繰り返す。ここはワールド・ワンダー・パークだ。ゲストが怖がったり、泣いたり、悲しい気持ちになる場所であってはいけない――。

黄金の観覧車が、陽の光を浴びてきらめく。

不吉なことなど何もない、とでも言うかのように、金色の輪はゲストを見守りながら、ゆるやかに回り続けていた。

開かずの十三番扉

青い空が、高く広く晴れ渡っている。

「センター・キャラバン」の「ワールド・フェリス・ホイール前広場」には、多くの人が集まっていた。ビジネススーツに身を包んだ日本ワールド・ワンダー社の社員。各エリアの制服を着たアテンダント。撮影機材を構える報道陣。キャラクターをモチーフにしたカチューシャや衣服を身に着けた、特別招待枠のゲストたち。

燐太郎は広場の後方、社員やアテンダントが固まって立つ位置に控え、重ねていた手を組みなおした。時刻は午前七時半。オープン前のパークにこれほど多くのゲストが集まっているところなど、めったに見られるものではない。入社三年目の燐太郎にとっては、公開セレモニーに社員として参加すること自体が初めてだった。

周囲よりも高い位置にある観覧車の基台部分には、ワールド・ワンダー社のロゴがあしらわれた特設ステージが設置されていた。日本ワールド・ワンダー社社長、富士田(ふじた)人登志(とし)の挨拶(あいさつ)を聞き終えたばかりのアテンダントや社員たちの間には、軽い緊張が満ちている。

――変わりゆく社会にあって、「ワールド・ワンダー・パーク」だけが古いままでいることは許されない。我々は常に、最先端のエンターテインメントをゲストの皆様に提供する立場である。皆様に愛され続けてきたものを守りながら、いかに新しいものを提供するか。この度の「クリーピー・スクエア」の拡張計画に関しても、期待をはるかに上回る世界を皆様にお届けできるよう、全力を尽くす所存でいる。二年後の披露の場で、皆様と「最高にぞくぞくする」体験を共有できるよう、一丸となって努力いたします。まずは「スペクター・ラビリンス」、本国版誕生五十周年を祝しまして、ゲストの皆様には「ファントム・キッチン」で最後の晩餐（ばんさん）……いえいえ、素敵なランチを、そして夜の記念パレードをお楽しみいただきたいと思います。それでは、再会（オルヴォワール）！

ホラー系のアトラクションを擁するパーク随一の人気エリア、クリーピー・スクエアの拡張工事竣工（しゅんこう）記念公開式典と、同エリア最大のアトラクションであるスペクター・ラビリンスの本国版誕生五十周年記念イベントの告知。イベントに特別招待されたゲストたちは、たった今告げられた新情報に胸を躍らせている様子だ。拡張エリアには新たにアトラクションがふたつ、レストランがひとつ、ワゴンも含め、グッズ販売のショップが三つもできるらしい。新作映画やドラマの要素も取り入れるそうだ。すごいね、楽しみだね——と。社長の言葉に身を引き締めているのは、燐太郎を含めた社員やアテンダントたちだけだ。

「エリアの拡張が、混雑解消に繋（つな）がりゃいいんだけどさ」

燐太郎の隣に立っていた牧地良成（まきちりょうせい）が、ぽつりと漏らす。燐太郎は目線だけで相手の横顔を確かめ「はい」と短く返事をした。縦ストライプのシャツに、つやのある濃紺のジャケット。クリーピー・スクエアの制服に身を包んだ牧地は、少しだけ姿勢を崩した。

「キャパが増えりゃ入場者数の上限も増える。面積あたりのゲストの数が変わらなけりゃ同じなんだよな、結局。しかもゲストは新エリアへ集中的にやってくる。二年後のクリーピー・スクエアは、盆正月のシンガポールなみの人口密度になるぜ」

「それはガイダンス・アテンダント流のジョークってやつですか」

「言葉のあやってやつだよ。つまりはめっちゃ混むってこと」

「ですね。今まで以上に、めっちゃ混むと思います」

牧地の役職は、ガイダンス・アテンダント。ウォークスルータイプのアトラクションであるスペクター・ラビリンスの案内や解説を行い、ゲストの流れもコントロールする役割を担うアテンダントだ。

ジョークを交える話術と、自由に歩くゲストの誘導。かなり高度な技術を必要とする役職なので、この名前を冠するアテンダントは牧地を含めて七人しかいない。キャリア十年目の牧地は、そんなガイダンス・アテンダントの中でも特にゲストからの人気が高かった。前方に集まるゲストにも、牧地に気づいてちらちらと視線を送ってくる人たちがいる。牧地は笑顔を崩すことなく、最低限の口の動きだけで話し続ける。

「大繁盛なのはいいんだけどさ。企画開発部の人間は、ちょっと考えてほしいぜ」

特設ステージにクリーピー・スクエア仕様のコスチュームを着たベイリーとホリーが姿を現し、ゲストや一部の報道陣から歓声が上がる。ベイリーとホリーは何を着ていても可愛い。スターたちに駆け寄りたくなる衝動を抑えている燐太郎の横で、牧地がきれのいい口調で続けた。

「クリーピー・スクエアって、荒廃した街って設定なんでしょ？　さすがに観光客来すぎじゃない？　って思っちゃうでしょ、ゲストの皆さんが。世界観大事よ、世界観」

「そこはゲストもクリーピー・スクエアの住人扱いする、という方向でどうでしょう」

「だとしたら今度は移住した人多すぎ問題になるじゃん。保育園無料にでもなったのかよって」

「ふふふ」

「笑わないの。これけっこう深刻な問題なんですからね」

漏れた笑いをおさめて、燐太郎はこくりと頷く。エリアの拡張に、新しいアトラクションの開発。リテーマリングという名の大規模な改修工事。ゲストが慣れ親しんだ世界観や物語を守りながら、新鮮な感動を届け続けることは容易ではない。

新しいものを歓迎する声もあれば、拒絶する声だってある。思い入れのある場所や物事を変えられてしまう嘆きは、とても切実なものだ――だからと言って、ずっと同じままではいられない。企画開発部の人間である燐太郎は、常にその葛藤を抱えてパークの中へ飛び込んでいる。

「それでもパークの拡張は、ゲスト目線からすると喜ばしいことではありますよね。入園料の値上げと見合うだけのものを感じていただかなければなりませんが」

燐太郎は言う。また姿勢を正した牧地が、ステージを見つめたままで答えた。

「新しいものを混雑なく、混乱なく体験してもらうことがミソだからなあ。時間単位の体験人数が多いスペクター・ラビリンスが、どこまで頑張れるか……」

ベイリーが斧で毒々しい色のケーキをカットし、数発の花火が上がって、式典がお開きになる。招待されたゲストはこのままパークに残り、通常入園のゲストと合流する予定だ。アテンダントたちの案内に従って、ゲストのカラフルな波が各エリアに散っていく。後方で式典を見守っていたアテンダントたちも、それぞれの持ち場へと向かい始めた。

「ま、とにかく俺たちが考えるのは、今ここにいるゲストの満足度のことだけだよ。混雑にともなう体験価値の低下なんかは、今度の会議で話題にしておいてくれよな、企画開発部の新人くん」

牧地は軽く口角を上げる。クリーピー・スクエアのアテンダントらしい、妖しく魅力的な笑みだ。

「スペシャルパスや待機列の工夫、ですね。いろいろと考えておきます。牧地さんも、現場で気づいたことがあればおっしゃってください」

「はいよ」

拳で自らの胸を軽く叩き、牧地は頷く。広場に残って観覧車の写真を撮っているゲストを見やって、通る声で言った。

「さて、じゃあそろそろ持ち場に戻るとしますかね。別エリアの制服のやつが、このあたりをうろうろするのもアレだしな——ん？」

「どうしました？」

「お前のボスが構ってほしそうにしてるぞ。ほら」

少し離れた位置、チュロスとホットドリンクを販売するフードワゴンの横で、誉田和明がにこにこと笑みを浮かべている。どうやら燐太郎たちの会話を聞いていたらしい。

「なんか話しかけてほしそうですね。行きますか」

「だな。企画開発部の悪口なんて言ってませんよ、って弁解でもしに行くか」

「全部聞こえてるよ。愛のある悪口、ありがとう。ちょっと二人ともこっちおいで」

牧地と顔を見合わせ、燐太郎はフードワゴンのそばへと歩いていく。二人が立ち止まる前に、笑顔のままの誉田が口を開いた。

「ごめんごめん、盗み聞きするつもりは——あったんだけどね。クリーピーの混雑の話でしょう。二年後の拡張エリアの話を待たなくても、すでにキャパオーバーな感じは否めない、ってね」

「最近は悪役キャラクター関連のゲームやアニメが盛り上がっていますし、ハロウィンイベントも大盛況です。クリーピー・スクエアはパークのホラーコンテンツを一身に引き受けているところがありますから」

燐太郎は返す。牧地がすぐに後を続けた。

「ホラーやダークヒーローってコンテンツは、若年層に響きますからね。うちのエリアの滞留ゲスト、学生や二十代が他のエリアに比べて圧倒的に多いんじゃないですか」

「その年齢層は団体さんで来てくれることも多いしね。修学旅行の需要も見込める。そうなると時間当たりの体験人数が多いウォークスルータイプのスペクター・ラビリンスに頑張ってほしいんだけど……牧地くん」

「はい」

「今、スペクター・ラビリンスの入場ってルート二つでやってるよね？」

「エントランスはひとつ、館内の大部屋に入るところは扉二つですね」

「だね、ありがとう。さっきの混雑解消の話にも繋がるんだけど——新施設のオープン前に十三番ルートを試しに開放したらどうかな、って話が上がっててさ。もちろんアテンダントも増員しないといけないけど、どれくらいの人員で時間あたりどれくらいのゲストを捌けるかっていうのを見てみたいし」

「十三番、ですか？」

牧地が燐太郎を横目で見る。その視線が少し揺らいでいるように見えた。

「でも、誉田さん」

「わかってるよ、樋高くん。十三番ルートの噂でしょう。三つある扉のうち、なぜ十三番の扉だけが使われていないのか。それはあの扉が異次元に繋がっているからだ——実際にそっちの世界に迷い込んでしまって、帰って来られなくなった人がいるからだ、ってね」

誉田の答えに、燐太郎は目を丸くする。異次元に繋がる扉、だって？　ゴースト・ホスピタリティ係の燐太郎でさえ半信半疑であった噂を、誉田が口にするとは。十三番ルートが閉鎖されている原因は、技術やキャパシティの問題ではなかったのか。

燐太郎は牧地と顔を見合わせる。そんな話、嘘に決まってますよねと笑顔を作ってから、二人で誉田のほうに向き直る。部下たちの表情を確かめた誉田は、心の底から悲しそうな顔をした。

「不安に思う気持ちはわかるよ。幽霊ならさ、お祓いとかお清めとかで何とかできる話かもしれない。けれど、異次元――よくわからない空間が相手となると、どうにもね。だからこそ君たち二人にお願いしたいんだよ。スペクター・ラビリンスを知り尽くしている牧地くんと、超常現象に慣れてる樋高くん。君たち二人なら、四次元だろうが五次元だろうが、どんな変な世界に迷い込んでも平気だって信じてるからさ」

燐太郎はもう一度、牧地と顔を見合わせる。悲しそうに眉を下げたままの誉田が、

「というわけで、残業お願いします」と深く深く頭を下げた。

＊

パークの中に作られた「呪いの村」は、濃紺の闇に包まれている。

湾曲した石畳の道に、黄色い明かりを灯す街灯。不気味にたたずむ糸杉の並木と、紅の花を咲かせる夾竹桃の木。村の役場や商店を模したギフトショップの扉は閉ざされ、道を行く燐太郎と牧地の足音だけがかすかに響いている。牧地はクリーピー・スクエアの制服のまま、燐太郎は私服姿だ。満月にほんの少し足りない月が、工事現場の重機の影を浮かび上がらせている。手に持ったライトの明かりを揺らし、牧地が言った。

「こうして夜歩くと、パークの中ってかなり暗く感じるよな。ナイターの照明でぴっかぴかに照らすわけにはいかないんだろうけど、クリーピー・スクエアのあたりは本当に真っ暗に近いぜ。俺、このあたり夜歩くの怖いもん」

「牧地さんは、いつもスペクター・ラビリンスの中にいますもんね」

高揚する気持ちを悟られないよう、燐太郎は冷静な口調で答える。アテンダントとしての業務を日々こなしてはいても、夜中にパークの中を散策できる機会などめったにあるものではない。さっきから牧地の死角に入るたびにスキップをしているのだが、夜のクリーピー・スクエアの空気はそんな浮ついた気持ちを呑み込むほどに暗く、不気味で、禍々しかった。暗さそのものはパークが営業している夜九時ごろと変わりはないはずだが、ゲストやアテンダントの姿がないだけでこれほど印象が変わってしまうものなのか。

「ずっと建物の中にいると、時間の感覚も狂うしなあ……今日なんか開園前からこの時間までパークに残ってるからな。もう何時間くらい働いてるのか、その感覚すら曖昧よ。樋高はシフトが終わってから、いったん家に帰った感じ？」

燐太郎の服装をさっと眺めて、牧地が言う。薄手のパーカを軽く羽織りなおし、燐太郎は答えた。

「はい。今日は午後五時までのシフトだったので。いったんマンションに帰って着替えてから、従業員パスで入園しました」

「なるほどね。その上着と、首からかかってるやつって……」

牧地の視線が、また燐太郎の服装を撫でる。燐太郎はパーカの中に入れていた時計の文字盤を取り出した。

「スペクター・ラビリンス五十周年記念のパーカと、懐中時計です。今日から販売開始だったのでアプリで予約を入れて、パーク内のショップで引き取ってきました」

「ちょい見せて。へえ、時計、けっこう本格的なつくりになってるじゃん」

燐太郎の首にかかった時計を手に取り、牧地は声を上げる。青銅色に塗られた鎖と、透明な文字盤。十二本の線だけが刻まれた円の中を、秒針が規則正しく回転している。スペクター・ラビリンスの映画版にも登場する懐中時計をモチーフにした商品で、再現度がとても高い。マニアはこういうグッズに弱いものだ。

「いいね、俺も買おう。実用性のあるなしは別にいいんだよな、こういう商品って」

「デザインもかなりシンプルですからね。分単位の時刻はわかりにくいですけど、だいたいの時間ならぱっと見でもわかるようになってますよ」

時刻は午後十一時四十五分。パークの中はひっそりと静まり返っている。昼間はポップコーンやハンバーガーのおこぼれを狙っている雀や鳩たちも、それぞれのねぐらに隠れている時間だ。

「アトラクション担当のアテンダントは腕時計もつけられないからな。それだと許されるかねえ。他のアテンダントに声をかけてもらわないと休憩の時間すらわからないの、ちょっと不便なんだよな——」

言いながら、牧地は慣れた足取りでスペクター・ラビリンスの正面エントランスへと向かっていく。

クリーピー・スクエアの街を見下ろすように建てられた、コロニアルスタイルの巨大な洋館。いくつもの棟をくっつけたような外観は見る者を圧倒するが、正面に見えている建物はアトラクションのほんの一部でしかない。スペクター・ラビリンスの館内の大部分は、屋敷の背後にある殺風景な建物の中に収まっている。ゲストは正面エントランスから館内に入り、呪われた屋敷の中を自分の足で歩き回って、「命からがら」裏の使用人出入り口から脱出するのだ。

正面エントランスの扉は、開け放たれたままになっている。警備担当の職員が定期的に見回りに来るとはいえ、ひと気のない館内に入るのは少し心細く思えた。

「じゃあ、行くとしますか。ゲストっぽい視点で、こっちから入るのも新鮮だわ」

牧地が軽く首を鳴らして、燐太郎を先導するように歩き始める。大きく口を開けた入口から、重々しい印象の館内へ。扉を入ってすぐの空間は広いホールになっている。牧地と並んで暗い部屋の中を少しだけ進み、燐太郎は口を開いた。

「牧地さん。昼間、誉田さんが言ってたことって——信じてます？」

牧地はちらりと燐太郎を見て、正面に向きなおる。

「十三番ルートが異次元に繋がるとかどうとか、って話だろ？　ちゃんと信じてるよ。樋高がそういう案件の対処に当たってるのも、前々から知ってるさ」

燐太郎は「えっ」と声を漏らした。パーク内で起こる超常現象と、その対処に当たる「ゴースト・ホスピタリティ係」としての燐太郎の業務。「信じている」と言い切ったのは、牧地が初めてだ。

「信じてくれてるんですか。牧地さんみたいな人は、僕の業務のことをキテレツの極みくらいにとらえてるのかと思ってました」

「俺たちアテンダントの仕事なんて、だいたいがキテレツの極みだろ。ゲストに楽しい夢を見てもらうためには、口八丁手八丁でなんだってやるんだからな……いや、俺はちゃんと信じてるんだよ、そういうの。この前のファクトリー・ザ・パニックの件だって、幽霊が絡んでるんじゃないかって噂があったろ？　実際のところ、どうなんだよ」

視界を覆う黒い水の感覚と、困惑する鴛鴦の顔。油まみれの幽霊の姿。ひっそりと撤去されていた片足のセキュリティロボット。いろいろなことを思い出しながら、燐太郎は答える。

「本物の幽霊が出ましたよ。三年前にアトラクションの中で病死された、メンテナンス部の課長さんでした」

「ガチのマジもんの心霊現象じゃん。大丈夫だったの、それ」

「恨みがあって出てきたわけではなかったみたいなので、あっさり解決しましたよ。とはいえ、定期的に手を合わせたりはしないと、って感じでしょうか」

　山本が見せまいとしていた「別の」幽霊については触れず、燐太郎は答える。牧地がハンディライトを手の中でくるりと回した。

「やっぱり出るもんなんだねえ、幽霊って。知ってるか？　そもそもこの土地自体、あんまりよくない場所ではあるって言われてるだろ」

「そうなんですか？」

「聞いたことない？　土地を掘り返したときに人骨がごろごろ出てきて、工事が中断したって話」

「それは——聞いたことが、あります」

　ワールド・ワンダー・パークの地下には、大量の人骨が埋まっている。工事を始めるにあたって、出てきた人骨はそのまま地中深くに埋められてしまったらしい。そのせいで工事中に死人が出たり、社員の中に病人が出たりした——どれもよく聞く話、怖い噂としては珍しくもないものばかりだ。ワールド・ワンダー・パーク建設中のエピソードとして語られるこの噂話については、燐太郎も半信半疑だった。

「でも、単なる都市伝説みたいなものだと思ってました。似たような噂話は、日本中のどこに行ってもあるものじゃないでしょうか」

「まあ、テーマパークや遊興施設の噂の定番みたいなもんだよな。楽しい場所だからこそ、そういう怖い話が湧いてくるって部分もあるし」

領き、燐太郎は口元を引き締める。赤黒い壁紙が貼られた部屋の壁に、自分と牧地の影だけが揺れ動いていた。

部屋の突き当り、背の高い扉が三枚並ぶ壁の前に立ったところで、燐太郎と牧地は足を止める。圧迫感のあるアーチ形の天井と、つやのない寄木細工の床。沈黙した巨人のような、黒樫の三枚の扉。向かって左の四番扉、中央の十二番扉が現在使用されている入口だ。

扉の向こうには天井の高い円形の部屋があり、館内に入ってきたゲストはいったんこの部屋に「閉じ込められて」から、屋敷の中へ迷い込んでいくことになる。出発地点で足止めをすることで、館内を散策するゲストの流れや数を調整するシステムだ。

「今はゲストを通すときに、四番扉と十二番扉を開放するようになってるんですよね。右の十三番扉は閉まったまま、開けることがないと。混雑時はやっぱり不便ですか？」

ひときわ重々しく見える十三番扉を見上げ、燐太郎は言う。開業時のテスト運行以来、一度も開けられたことがないという噂を聞くが、本当なのだろうか。

「まあ、ゲストの流れに偏りはできるよなあ。正面エントランスから入ってきたゲストは、一回この扉の前で足止めを食らうだろ。幽霊屋敷に招かれた観光客って設定で、館内の案内や説明を受ける。三枚あるうちの二枚の扉が開いて、次の部屋に案内される。

そこでまたちょっと足止めを食らって、やっとフリーの散策に移れるわけだ。そのときも三枚ある出口側の扉のうち、二枚だけが開く。入口側の十三番扉、出口側の十三番扉のどっちも使えないんだから、ゲストを通す時間は一分……いや、二分くらいは変わってくるんじゃないか？　もともと三枚の扉でゲストを通す計算で設計されてるだろうしな。一回につき二分くらいのロスでも、積み重なると何十分も、何時間も、ってことになる」

「扉が三枚とも使えれば、ゲストをもっとスムーズに案内できる。スムーズに案内ができるようになれば、アトラクションを体験できるゲストの数が増えるってことですね」

「お客さま満足度もアップ。俺たちも査定がよくなってハッピーってとこだな」

頬を上げて笑い、牧地は左目をつむってみせる。ガイダンス・アテンダントの仕草や表情はどこかワールド・ワンダー社のアニメーションを思わせて、魅力的だ。

「右側の扉だけが開かないことに関しては、ゲストからも疑問の声が上がってましたよね。十三番っていうナンバリングも意味深ですし」

燐太郎は続ける。開業当初から使用されていない扉に、不吉な数字。「異次元に繋がっているんじゃないか」という噂が立つのも無理はないだろう。

「魔の十三番ルートって言われてるやつだな。なんで使われてないか、アテンダントの俺たちも知らない、と」

「ただの非常用扉だろって意見もあるみたいです」

「ま、真実を知りたいものは、いっさいの希望を捨ててその扉をくぐってみるがいい——ってとこか」

燐太郎の肩を軽く叩き、牧地は十三番扉の横の壁へ向かって歩いていく。背筋を伸ばした先輩アテンダントの姿を見て、燐太郎も姿勢を正した。扉の開閉は本来、コントロールルームに控えた専門のスタッフが行うことになっている。壁面には非常用の開閉スイッチが隠されているはずだ。

「コントロールルーム、どなたもいらっしゃらないんですか」

「みんな帰ったよ。扉の開閉や施錠は責任をもってお願いします、だとさ」

燐太郎は軽く眉を上げる。高揚が隠しきれない。スペクター・ラビリンスは、幽霊屋敷に迷い込む孤独と心細さを味わってもらうためのアトラクションだ。たった二人で館内を散策する今こそ、その恐ろしさを存分に体験するチャンスなのかもしれない。

「牧地さん。まずは、僕がひとりで部屋に入ります」

足を踏み出す燐太郎に、牧地は眉を上げた。

「なんでよ。二人で仲良く行けばいいじゃないか」

「スマホはロッカーに置いてきちゃいましたし、万が一ってこともあるので。二人で閉じ込められたら、朝まで開けてもらえないじゃないですか」

「私用のスマホも、わざわざ預けてきたの？　営業時間外なのに真面目だな。かく言う俺も出勤してからはずっとロッカーに預けっぱなしだけどな」

「外部との連絡が取れないのはまずいですよ。ワールド・ワンダー社のホラー映画ならだれか死ぬフラグです」

「ＯＫ、ＯＫ。じゃあまあ、哀れな子羊さんを一名ご案内するとしますか——地獄の扉の向こうにね」

牧地の口調は、完全にガイダンス・アテンダントのものになっていた。その手が壁面をさぐり、非常用操作盤の蓋を開ける。視線を投げられ、燐太郎は頷く。首を軽く鳴らして拳を握りしめた。何が出てきても強気に対処するつもりだ。

「開けてください」

牧地は頷き、十三番扉の開閉スイッチを操作する。開業以来閉ざされていた扉が軋みながら開く。

燐太郎は牧地の顔を確かめ、黙って頷き、ゆっくりと足を踏み出した。絨毯を敷いた床を慎重に踏んで、部屋の中央へ——軽いめまいがしたように思うが、立っていられないほどではない。振り返る。無表情に見送る牧地の姿が、閉まる扉の向こうに消えていく。

円形の部屋。空間を囲むように置かれた高い棚と、それぞれの棚に並べられた、動物の剝製や大小のガラス瓶。天井から吊るされたイッカクの牙。この屋敷の歴代当主が収集した品を陳列する「驚異の部屋」だ。

本来であれば、ここでガイダンスの音声が流れるようになっている。屋敷の中では走らないように。逆走をしてはいけない（道を戻ると、君を追いかけてくる亡霊に捕まってしまうだろう）。フラッシュ撮影は禁止、非常時にはアテンダントの指示に従うこと。ゲストたちは写真を撮ったり歓談したりしながら、出口側の扉が開くのを待つ。棚に置かれた不気味な品々は、足止めをくらうゲストを飽きさせないための演出だ。ゲストを睨む瓶の中の目玉。涙を流す聖職者の像。目を光らせる猿の剝製。天井を見上げれば、悪魔の羽が生えた人物の影が横切ったりもする。コンピューターの制御で動くこれらの仕掛けたちも、今はただ眠っているかのように静まり返っていた。この先に続く館内や、入口側の通路からの音は聞こえてこない。

燐太郎は部屋の中を見回した。暑さを感じて額を拭ったのに、汗はかいていない。パーカの袖をまくる。ゲストとして幾度となく訪れたはずの空間を、身を引き締めて凝視する。

ごちゃごちゃとした部屋の中で、ひときわ目立っている一枚の絵画。出口側の扉、中央の十二番扉の真上にかけられたその絵には、下向きの大きな三日月と、蓋がしっかりとしまった棺桶が描かれていた。絵の真下には警句が書かれている。

『哀れな死者。棺桶の蓋は開かない』

この絵に描かれているのは、この屋敷の十三代目の当主であるらしい。親族に毒を盛られた彼は、生きたまま地中深く埋葬された。のちに掘り起こされた棺桶の中に彼の姿はなく、蓋の裏には脱出しようとしてもがく爪痕だけが生々しく残されていたとか。ゲストたちは館内で、「墓の蓋を開けるな」「亡霊を解き放つな」という警告を何度も受けることになる。かつて棺桶から解き放たれた当主の霊が、今もこの屋敷の中をさまよっているのだから、と。

幾度となく目にした絵を凝視し、瞬きをしてから、燐太郎は深く息を吐く。中央に十二番扉。その上に棺桶を描いた絵画。十二番扉を挟む二枚の扉と、一対のガーゴイルの像。十二番扉には満月、向かって左の四番扉には下を向いた三日月形、そして右側の十三番扉には、上を向いた三日月形の小さなプレートが掛けられている。かすかに漂ってくるような、剥製の毛皮の臭い……。

何だ？

さっきから、軽いめまいがしている。

気分は悪くないし、足がふらつく気配もない。なのに、少し視線を動かすだけで、目の前がぐらりと揺れるような感覚に襲われている。いつも稼働している展示物などの仕掛けが、今は動いていないからだろうか。それにしては違和感がある。何かが確実に違っているのに、うまくその感覚を言葉にすることができない。部屋に入ってどれくらいの時間が経っただろうか？　一分か、二分か。時間を確かめようと、燐太郎は首にかけていた懐中時計を手に取ろうとする。指が触れたあたりで鎖の留め具が外れ、時計は赤い絨毯を敷いた床に落下してしまった。

「あっ――」

留め具がかなり外れやすいつくりになっている、懐中時計としては致命的ではないかというレビューも早々と上がっていたようだが、ここまで脆いとは。商品開発部に報告したほうがいいな、などと思いながら、燐太郎は落下した時計を拾い上げる。文字盤の裏表をしっかりと確かめてから、再び首にかけた。

時刻は深夜十二時を回ったところだ。扉の開閉の具合や人の流れをざっと確認したあとは、早めに解散したいと牧地は言っていたが――。

「牧地さん」

入口側に向きなおり、燐太郎は叫ぶ。三枚の扉は閉ざされたままで、開く気配がない。

「牧地さん！」

「樋高？」

声が返ってくる。振り返ってから、燐太郎は強烈な違和感を覚えた――自分は今、入口側に向かって叫んでいたはずだ。扉の向こうの牧地に呼びかけるつもりで、声を張り上げていたはずだ。出口側の扉を見ていたのはほんの数十秒、部屋に誰かが入ってきたらすぐに気づくはず、なのに。

「なんで――なんで、牧地さんが、ここにいるんですか？」

なのに、どうして部屋の外にいるはずの牧地が自分の背後に立って、不思議そうな顔でこちらを見ているのか。相手は相手で、まったくわけがわからないとでも言いたげな表情で燐太郎を見つめている。燐太郎は右手を上げた。指をそろえて、自分の頬を叩く。

同じように右手を上げかけた牧地が、少し困惑したような声で言う。

「おい、何してるんだよ。夢じゃない、現実だ。しっかりしろ」

「ですね。しっかり痛いです。牧地さん、いつから部屋の中にいました？　僕、牧地さんを残してこの部屋に入ってきたはずですよね」

「いや、それはこっちの台詞（せりふ）――待てよ、樋高。今なんて言った？　俺を残してこの部屋に入って来たって？」

「そうです。部屋の外の開閉パネルで牧地さんに扉を操作してもらって」

「待て待て、それはお前だろ」

「え？」

「二人ともスマホ持ってないし、じゃあどっちかひとりが部屋の中に入るかって話になって――だったら俺が行くよ、って話になったじゃないか。ドアの開閉はお前に任せたはずだ」

「いえ、それは牧地さんが」

「違う違う、確かに俺が部屋に入るって話になって――」

牧地が口ごもる。燐太郎も黙って、相手の顔を見据える。しばらく無言で見つめ合ってから、二人で同時に口を開いた。

「おい、これは」

「変なことになっている気がします。一度、部屋を出ませんか」

互いに頷きあい、同時に足を踏み出す。燐太郎は円形の部屋をまたぐるりと見回した。開閉スイッチはどこだ？　不気味な装飾品たちに気を取られて、うまく探すことができない。牧地が小走りで駆けていく。部屋の入口側、屋敷のエントランス方面に繋がる三枚の扉のあたりをざっと確認して、牧地は叫んだ。

「確か——あれだ。非常時の開閉スイッチ。念のため、十三番以外の扉から出るぞ」

「はい」

棚の前に張られたロープをまたぎ、牧地がスイッチの操作盤に近づく。相手の動作を見守りながら、燐太郎はふらつく身体を必死で支えようとしていた。まだめまいがする。寒気や吐き気がするわけではないのに、どことなく気分が悪い。瓶がぎっしりと並ぶ棚や、不気味に歯をむき出す動物たちの剝製に囲まれていることが、だんだんと不安になってきた。スペクター・ラビリンスには何度も入って、この部屋の光景にも見慣れているはずなのに。

「牧地さん」

呼びかけながら、燐太郎は足を踏み出す。いつもはわくわくした気持ちで、この部屋の中の小物や装飾品を眺めていられるのに。今日は変だ。自分の感覚がおかしくなっているのか、それとも、部屋の中に何か原因があるのか。

「牧地さん、変と言えば、この部屋も変じゃないですか。なんだか、いつもと違う気がするんです——何が違うかは、うまく説明できないんですけど」

「……おい」

「牧地さん？」

相手のただならぬ様子に、燐太郎は一歩足を踏み出す。その動作を制止するように片手を上げた牧地が、抑え気味の口調で言った。

「扉の向こう。誰かがいる」

「え？」

「部屋の外の操作盤パネルが開いてるんだよ。『操作中』のランプがついてる。樋高、お前、ここに入る前に、向こうの操作盤は閉めてきたんだよな？」

「わかりません」

燐太郎は答えた。

「僕は、牧地さんに扉を操作してもらってこの部屋に入ってきたんです——入ってきたはずです」

「そうだったな……俺も、そうだよ。お前に開けてもらってここに入ってきたんだ。なのに今、部屋の中には俺たち二人が揃ってる」

操作盤から離れ、牧地は入口側の扉から距離を置くように後ずさりをした。振り返り、表情を変えないままで言う。

「警備の人が巡回に来る時間じゃない。メンテナンス部のメンバーが来るのも、もっと明け方のはずだ」

「出口側の扉、開けますか」

「頼む。そっち側の操作盤は、ガーゴイルの像の横あたりにあるはずだ」

「どっちの像です」

「左でも右でもいい。二か所にある。十三番以外の扉を開けろよ」

向き合う二つの像をざっと見て、燐太郎は四番扉脇の壁へと走っていった。ロープをまたぎ越し、像の横を探る。四角く切れ込みが入った箇所を見つけ、手でその表面を触ってみる。施錠はされていないらしい。下端を軽く押すと蓋が開いた。小さなレバー型のスイッチが、六つ並んでいる。

「十二番、開けます」

スイッチを押し上げると同時に、警告のランプが赤く光る。出口側の三枚の扉のうち、中央に位置する十二番扉が音もなく開いた。扉が軋む効果音がないと、ずいぶんあっさりと開くものなんだな、と燐太郎は妙な部分に感心する。今、館内には非常灯と最低限の照明だけが点っているはずだ。演出に用いられる機材の電源はすべて落としている。

扉が開いた先には、薄暗い廊下が続いている。赤黒い壁紙から伸びる、無数の動物の首。この屋敷の六代目当主が狩ってきた獲物の剝製だ。普段は首を動かしてゲストを睨みつけたり、低い声で唸ったりしている動物たちも、今は微動だにしない。光のない無数の目が虚空を見つめている光景は、ちょっと不気味だ。

パーカのポケットに入れていたハンディライトを取り出し、燐太郎は廊下の先を照らし出してみる。特に不審なものは見当たらない。

「こっちは大丈夫そうです、牧地さん。どうしますか」

「一旦そっちから出よう。もし入口側のホールに誰か——不審者がいるんなら、警備の人と合流してから確認しに行ったほうがいい。俺、不審者と素手でやりあう自信はないからな」

「僕もです。そうしましょう」

燐太郎は廊下へ出ようとする。その動きを制止した牧地が、燐太郎の前へと回った。

「俺が案内する。お前もそうとう来慣れてるみたいだけど、さすがに館内のことに関しては俺のほうが詳しいだろ」

「え、牧地さんのガイド付きで案内してくださるんですか」

冗談半分、期待を半分込めて、燐太郎は言った。ガイダンス・アテンダントの案内付きアトラクションツアーは、いつも大人気だ。予約はなかなか取れない。

「ちょっとだけな。後でスペシャルパッケージプランの代金は払えよ」

右目をつむって、牧地は燐太郎を先導するように歩き始める。あとを追ってくる燐太郎にちらりと視線を投げ、滑舌よく話し始めた。

「この壁には六十六体の動物たちの首が飾られています。目を逸らそうとしても無駄ですよ。左を見ても、右を見ても、生者であるあなたを見つめる視線からは逃れられませんから……獲物たちの顔をよくご覧ください。自分たちを殺した屋敷の六代目当主、パーパス卿を捜しているかのように、目をぎらつかせているではありませんか」

よどみのない言葉の流れに、妖しく響く声。牧地のガイドで、眠っていた屋敷がうっすらと瞼を開けたかのようだ。ハンディライトを燭台のように掲げ持ち、牧地は悪戯っぽい笑みを浮かべる。

「この屋敷の『案内人』になって十年くらい経つけどさ」

廊下の先には曲がり角が見えている。壁に刻まれた赤い矢印が、進むべき方向を示していた。

「たまに聞かれたりするんだよ。このアトラクションの中に幽霊が出るってほんとですか、って。生きたまま埋められた当主の霊がさまよっているという話は聞きますね、って返すと、違います、本物の幽霊です、とくる。こんなとき、模範的なガイダンス・アテンダントなら『いえいえ、亡霊当主は「よそ者」が屋敷に入ることを好みませんので』なんて言って、夢を壊さないように否定するんだろうけどさ」

「牧地さんはいつも、何て答えてるんですか」

ふと真剣な表情になって、牧地は正面に向きなおる。立ち止まり、曲がり角の先を覗き込んでから、再び口を開いた。

「わかりません、って言ってる。幽霊が、ひと目で幽霊ってわかる見た目をしているとは限りませんので、って付け加えてさ」

「幽霊らしい見た目——ですか」

「そう。頭に斧が刺さってるとか、身体が腐っているとか、ね。生きた人間とまったく同じ見た目をしているかもしれない……もしかしたら、ほら。今あなたのお隣にいらっしゃる方が、本物の幽霊だったりするかもしれませんよ！」

「あはは」

「なんで笑うんだよ。そこはきゃーって言うところだろ」

牧地が笑い、燐太郎も口角を上げる。ゲストを適度に巻き込む、良い返しだ。

「いいですね。ゲストの中に本物の幽霊がいるっていう設定のガイドツアーを企画するのも、面白いかもしれません。ゲストたちは最後まで誰が『幽霊』に指名されているかわからない設定にするとか」

「謎解きゲーム要素を取り入れるって感じかねえ。面白いじゃない。次の企画開発部の会議で通しといてくれよ」

「善処します」

「しかし、幽霊、幽霊ねえ……」

角を曲がった先には、また別の暗い廊下が続いていた。「武器の回廊」と呼ばれるゾーンだ。甲冑に剣、メドゥーサの首が刻まれた盾に、使いこまれた形跡のある銃。左右の壁に並ぶ道具たちが、声もなく燐太郎と牧地を見下ろしている。斧のひとつには血の跡らしい汚れがこびりついていた。八代目の当主が使用人に殴り殺されたときに使われた凶器という設定だ。

「なあ、樋高。見える立場としての意見を聞かせてほしいんだけどさ。『本物の幽霊』ってやつは、やっぱり生きた人間と変わらない外見をしてるもんなのか？」

「それは——人と場合によりますが——」

言いかけて、燐太郎は言葉を切る。じっと目をのぞき込んでくる牧地の顔を見つめ返して、続けた。

「それにしても、牧地さん。僕のこと本当に『見える立場』の人間だって信じてくれてるんですね」

「そりゃそうよ。でないとゴースト・ホスピタリティ係なんてやってないだろ」

燐太郎は口元をほころばせる。誉田に「幽霊からのクレームにも対処できるか」と聞かれた時と同じ、どことなく嬉しいような気持ちになっていた。

「生きてる人と同じような見た目で、普通に会話できる幽霊もいますよ。パークの中でも、わりとそういう霊を見たりもしますし」

「嘘だろ。どこの、どのあたりに出るの」

「ナッツビルのプレーリー通りの男子トイレとか、あとはエントランス付近にも多いですね。クリーピーにもよくいます。その辺うろうろしてますが、気づくといなくなってる幽霊も多いですからね」

「マジか。こんなエリアのアテンダントやってるけどさ、そういうのに弱いんだよ、俺。ここに本物の幽霊出たらやだなあ」

「意外と、というか、このスペクター・ラビリンスの中では見かけないですね、本物の幽霊。出てきても本物だって気づかれなかったら悲しいからでしょうか」

「へえ。幽霊にもそういう自己顕示欲みたいなのってあるんだな」

「ですね。明らかに見た目でわかるやつもいますし」

「見た目で？」

「体の半分吹っ飛んでる人とか、いますよ」

「やだもう怖い。夜中にひとりでトイレ行けなくなっちゃう」

身震いした牧地が、その場で体勢を崩す。手を差し出し、燐太郎は呼びかけた。

「大丈夫ですか」

「――大丈夫、大丈夫。ガイダンス・アテンダントいちの怖がりって名高い俺には、ちょっと刺激が強かったかもな。心配ないって。めまいがしただけだから」

「めまい、ですか」

「さっきからちょっとな。大丈夫だよ、歩けないほどじゃないし」

平気だ、と手を振って、牧地は再び歩き始める。

背筋は伸ばしているが、どことなく足取りがおぼつかない。視線がわずかに落ちている。ゲストを案内中の牧地であれば、絶対に見せないような表情だ。

「牧地さん」

「驚異の部屋」で燐太郎自身が抱いた違和感と、めまい。牧地の身体の異常。喉(のど)を突くような不安がこみ上げてきて、燐太郎は歩を速める。二人とも、今すぐに外部と連絡が取れるツールは持っていないのだ。

「牧地さん、ちょっといいですか。僕もなんです。さっき『驚異の部屋』に入ったときに、すごくめまいがして。今は回復したみたいなんですけど、牧地さんは……」

「めまい――そうか、お前も、ね。なんだろうな。確かに、さっきから、何かがおかしい気がするな――」

「牧地さん！」

「すまん。ちょっと立ち止まるわ」

ポールに張られたロープに手をかけ、牧地は大きく息を吐く。さっきよりも顔色が悪くなっているように見えるのは、気のせいか。燐太郎は牧地の背をさする。自分の体調が回復しているだけに、相手の苦しそうな様子がさらに不安を掻き立てた。

「大丈夫ですか。僕、背負って歩きましょうか」

「いくら俺が痩せてるったって、それはお前がかわいそうだろ。背負った俺が出口付近で石みたいに重くなっても困るだろうしな、はは」

青い顔で、牧地が笑う。燐太郎はかぶりを振った。

「怖いです。そういうの」

「怖い、ねえ。お前みたいに、幽霊が見える人間でも怖いものはあるんだな……ん？」

「どうしました」

「樋高。コントロールルームには誰も残ってないって、俺たしかに言ったよな」

「はい」

「プロップスや機材の電源は落としてる。館内の照明だけは点けてきたって言ったっけな」

来る途中でそう説明されたはずだ。燐太郎は頷く。

「はい。効果音も含めて、仕掛けは動かしてないと」

「だったら、あれ、なんだと思う」

顎を上げた牧地の目線を追って、燐太郎も顔を上げる。ほのかな明かりが作り出す、大小さまざまな武器の影——その中にひとつだけ、揺れ動いているものがある。ぼやけた輪郭。丸い頭部と肩らしきもの。燐太郎は強く瞬きをした。コントロールルームに人はいないはずだ。電気系統が関わる演出は、稼働していないはずではなかったか。

「あれ——『初代当主の影』だと思うか」

「思いません」

燐太郎は即答する。壁を不気味なシルエットが横切る「初代当主の影」の演出は、ゲストとしてこの屋敷を訪れたときに何度も目にしていた。だが、これは違う。動きも位置も、シルエットの形も、何もかもが違う。初代当主の影は壁をさっと横切るような動きをするはずだ。あの影は揺らめきながら、ゆっくりとこちらに近づいている。

燐太郎たちの位置からは、「影」の主の姿が見えない。影の伸び方からすると、相手は牧地や燐太郎の背後にいるはずだ。

　牧地は無言で燐太郎の顔を見た。燐太郎も黙って、牧地の目を見据える。

「……後ろ、振り向くか？」

　牧地の黒い髪の生え際に、一粒の汗がにじんでいた。

「それとも、振り向かずに走るか。どうする、ゴースト・ホスピタリティ係？」

「振り向き――ません」

　不審者か、見回りにきた警備員か、はたまたメンテナンス部の社員なのか。次々に浮かんだ可能性を呑み込んで、燐太郎は答える。相手が生きた人間であるとわかっているのなら、振り返って確かめるのがいいのかもしれない。あるいは、不審者であるという確信があれば、振り向かずに全力で逃げたほうがいいのか。だが今は、背後にいるものが生きた人間であるという保証すらないのだ。

「走るぞ」

　牧地が言う。目を合わせて、燐太郎も無言で頷く。廊下の先へ視線を投げた牧地が、小声で続けた。

「俺が一瞬だけ先に出る。足元を照らしながら出口に向かうから、ついてこい。途中で俺がぶっ倒れたりしたら、踏んで乗り越えてでも逃げろよ」

「そのときは抱えて走りますよ。非常口からは出られませんか」

「そっちはセキュリティロックがかかってる。エントランスと出口の扉しか開錠しておきませんからね、と警備に釘を刺されてるからな」

「マジですか。つまりは密室というやつですね」

「こういうのは密室って言わないいんじゃないか？　知らんけど。とにかく――走るぞ。3」

「2」

「1」

ゼロ、と同時に小声で叫んで、燐太郎は牧地と走り出す。振り向かず、数歩だけ先を行く相手の背を追って、不気味な廊下を駆け抜けた。突き当りの角を曲がる。また新たに延びる通路を、牧地と二人で走っていく。今度は左右に牢屋が並ぶ回廊だ。それぞれの牢の中には、明らかに人間ではない囚人たちが捕らわれている。毛むくじゃらの怪物だとか、目がたくさんある怪物だとか。はずれた足枷と手枷だけが転がる房もある。牧地は速度を落とさない。動かない怪物たちの視線を振り切りながら、燐太郎も走る。

廊下を突き当り、角を右に曲がっても、牧地は足を止めようとしなかった。少し進んだところで視界が開ける。屋敷の中で唯一外が見える場所、サンルームへと出てきたのだ。

「おい――来てるか？」

走りながら、燐太郎は耳をそばだてた。足音は聞こえてこない。呼吸を整えて振り返る。見通しのいい視界の先に、動くものの影は見当たらなかった。

「今のところは、何も見えません」

「そうか。振り切ったのかね？」

「牧地さん、少し歩きませんか。僕、ちょっと限界が来そうなので」

振り返った牧地が、口元をわずかにゆがめる。限界が来ているのは燐太郎ではない、自分のほうだと、本人も悟っているのだろう。

牧地は歩調をゆるめ、肩で大きく息を吐いた。燐太郎がその隣に追いついたところで、低い声で言う。

「運動不足、っていう自覚はなかったんだけどな。忙しいときは、屋敷の中を十キロくらい歩くんだぜ」

「牧地さんのお仕事は、ずっと歩きっぱなしだから大変ですよね」

ガイダンス・アテンダントである牧地は、屋敷の中を散策するゲストたちの誘導や案内も行う。人が一か所に集まりすぎていないか、危険なことをしているゲストはいないか。ルートを外れたり、逆走したりしているゲストがいれば、うまく声をかけて正しい順路へ導かなければいけない。常に人の動きに気を配る、繊細な業務だ。

「ゲストは基本的に順路通り、一方通行に動くけど、俺たちは進んだり引き返したりして館内をうろうろしなきゃいけないからな。屋敷の中でさまよってるのは、当主の幽霊じゃなくて俺たちのほうだろって感じだよ。ずっと屋敷の中にいると――いろんな感覚が、麻痺（まひ）してくる」

「時間の感覚とか、ですか」

牧地が横目で燐太郎を見る。天井まで届く巨大な柳の葉が、二人を威嚇するように揺れ動いていた。「動く植物」の電源は切られているはずだ。どこかから、風が通っているのかもしれない。

「時間もそうだな。昼も夜もわからなくなってくるし、もっとひどくなると……見慣れてるはずの館内の光景が、ちょっとおかしくも見えてくる。あれ、この部屋ってこういう感じだったっけな、って、なんだか変な感じがするんだよ。伝わるか？　来たことがあるのに、知らない場所にいるような感じ——一種のゲシュタルト崩壊ってやつなんだろうな」

「わかります」

燐太郎は答えた。ひやりとする胸に、「驚異の部屋」で感じた違和感が蘇ってきた。

「何が変わってるかって聞かれても、説明できないんですよね。ただ、何かがおかしいって思ってるだけで。比較対象のない間違い探しをさせられてる感じです」

「比較対象のない間違い探し、ねえ。いいたとえじゃないか。それ、今度使わせてもらうぜ」

サンルームの広い通路の先には、次の回廊への出口が見えていた。ガラス張りの高い天井を見上げ、牧地はかすれた声で言う。

「——星。きれいだな」

燐太郎も空を見上げる。背の高い植物の葉に囲まれた、黒く深い夜空。パーク内でも屈指のフォトジェニックなスポットとして、カメラを構えるゲストも多い場所だ。ガラス越しのぼやけた視界の中で、星たちは弱々しく瞬いているように見える。

「なあ、樋高。俺、前から思ってたんだけどさ」

牧地が言う。無言で頷き、燐太郎は相手の言葉を待った。

「さっきお前が言ってただろ、生きてる人間と変わらない見た目の幽霊もいる、って。あれってさ、異世界っていうか、異次元にも当てはまるんじゃないかって、俺思うんだよな。明らかにこの世とは違う空間に迷い込んだらすぐに気がつくけど、そうじゃない場合は気づかないかもしれない。上司の髪型がちょっとだけ変わってる世界とか、食堂のメニューから俺一押しの担々カルボナーラが消えてる世界だとか、さ。この屋敷の中を歩いてると、ちょっとそういうこと考えちゃうんだよね」

「ありそうな感じですね。朝一で並んで買えたはずの限定グッズが、起きたらどこにも見つからないとかあったらやだなあと思いますけど」

「お前の考える『怖い異次元』って、そんなイメージなのかよ——まあ、持ち物が入れ替わってるとかなくなってるとかはありそうだよな。日常でもわりとそういうことあるし」

視界の先には、左右に延びる二つの回廊が続いていた。右は大厨房、左は食糧庫に続くルートだ。道が大きく湾曲しているので、先がどうなっているのかは確認しづらい。

分岐したルートは回廊の出口付近でひとつに合流するようになっているが、厨房を通ったときと食糧庫を通ったときでは、アトラクションのストーリーにほんのわずかな違いが生じるようになっている。大厨房を選んだゲストは、十三代目の当主に毒を盛った犯人が当主の妻であると知らされ、食糧庫を選んだゲストは、毒を仕込んだ犯人が当主の甥(おい)であると知らされる。何度屋敷を訪れても、また違った視点で物語を楽しめるようにとの工夫らしい。

「俺、今ちょっと異次元に行って来たんじゃないか？　って思っちゃうこともあるんだよ。屋敷の外に出て太陽の光を浴びたら、そんな感覚もふっとぶんだけどさ——働きすぎかね」

「かもしれないですね」

返しながら、燐太郎は左右の通路を見比べる。大厨房か、食糧庫か。出口までの距離はぴったり同じのはずだ。牧地はどちらを選ぶのだろう。

「でも、変だとは思いませんよ、牧地さんの考え。異次元って、迷い込んでても気がつかないものかもしれないです。ちょっとだけ色んなことが違ってても、あれ、自分の記憶違いかって思っちゃうでしょうし」

「そこが異次元かどうか、その地点にいる自分には確かめるすべがないってことだな。さて——」

左右の回廊を見比べて、牧地がにやりと笑う。どちらに行こうか迷っているゲストにも、同じような笑顔を見せているのだろう。

「右と左、どちらの通路をお選びになりますか？　どちらに進んでも、お客さまは恐ろしいものを目にされるかもしれませんが」

「じゃあ、右で。僕、そっちのストーリーのほうが好きなんです」

「気が合うね。俺もどっちかって言うと、右のルートのほうが好きだよ。愛する妻に毒を盛られる、なんて、あまりにかわいそうじゃないか」

皮肉っぽい口調で答え、牧地は右のルートへ進もうとする。二歩も歩かないうちに歩みを止め、身をすくめた。

「牧地さん？」

「樋高。ここまでのルートは、一本道のはず——だよな」

声がかすれている。ハンディライトを握り直し、燐太郎は答えた。掌が、汗で濡れ始めていた。

「一本道です。僕たち、『驚異の部屋』からずっとここまで、逆走せずに走ってきました」

「歩き始めたのは、ついさっきだ。うしろ、誰も来てないって言ってたよな」

「来てなかった。来てなかった、はずです」

「右、見ろ」

湾曲した廊下の先の壁に、動くものが見えた。燭台の明かりが作り出す、長い影。丸い頭と肩らしきものが見える。影の主の姿は、燐太郎たちが立つ位置からは確認できない。

　揺れ動く影は、こちらへゆっくりと近づいているように見えた。

「追い抜かれたか？」

　燐太郎は強く首を振った。

「わかりません。でも、初めに見たときには確かに後ろにいたはずです」

「あれ、こっちに来てるよな」

「来てます――確実に」

　揺らめきながら、次第に大きくなる影。かすかな足音も聞こえてくる。影の大きさからしてまだ距離はあるはずだが、相手は確実に燐太郎たちのほうへと近づいてきていた。

燐太郎は身構える。牧地と顔を合わせて、頷きあう。

「――静かに」

　人差し指を立てた牧地が、小声で言う。

「このまま、左のルートへ行くぞ。あいつ、こっちへ向かってるように見える。左のルートを通って、出口を目指すんだ」

「……わかりました」

　燐太郎は頷く。無言で歩き始めた牧地の背を追って、食糧庫へ続く左の廊下へと進んでいく。前を歩く牧地は次第に歩を速め、ついには小走りになった。足元がふらついているのは、まだめまいがしているからなのだろうか。あたりは薄暗い。天井からぶら下がる燻製肉のかたまりが、わずかな風に揺れ動いている。

人ひとり詰め込めそうな麻袋の山を左手に見て、二人は食糧庫を抜ける。大厨房からの道と合流した廊下が、薄暗い空間へとまっすぐに続いていた。何の装飾もない石造りの壁。「嘆きの回廊」と呼ばれている場所だ。アトラクションが稼働しているときには、この左右の壁から人や獣の叫び声が聞こえる仕掛けになっている。

長く続く廊下を無言で走り、走り、走り続けて、燐太郎たちはようやく次の場所へと出る。屋敷に住む一族の寝室が並ぶ回廊だ。ここを抜ければ、あとは当主の部屋の横を通って、出口へ向かうだけ。もう少しで辿り着く。

「牧地さん」

前を走る牧地に呼びかけるが、返事はない。背後を振り返り、燐太郎は再び声をかけた。

「さっきの影、来てないようです。今度こそ、振り切ったんじゃないでしょうか——牧地さん？」

牧地の膝が折れる。その場に倒れ込んだ相手に駆け寄って、燐太郎は叫んだ。

「大丈夫ですか！」

「樋高。俺、やっぱり、おかしいわ」

笑ってはいるが、その顔色は真っ青だ。牧地は目頭を強く指で押さえる。

「ちょっと歩くだけで、気分が悪い。ふらふらする。樋高、お前、先に行け。出口の扉は開錠したまんまだ。ちょっと重いけど、押せば開くようになってるから」

「だめです」

燐太郎は即答した。床に手をつく相手の肩を担ぎながら、さらに言葉を続ける。

「追いかけてくるものの正体を確かめるまで、僕はここを離れません。牧地さんを出口まで送ってから、また館内に戻ってきます」

「樋高、お前——」

「この奇妙な現象の正体は、かならず突き止めてみせます。ゲストの安全に関わることですから」

言い切った燐太郎の顔を見て、牧地は笑う。

「ゲストの安全に関わること——か。わかった。行くよ、一緒に。歩けないほどじゃない」

「本当に、支えなくて大丈夫ですか」

「ああ、平気。ありがとう……樋高、お前もめまいがしてるとか言ってなかったか、さっき。それは大丈夫なのか」

「はい。『驚異の部屋』ではちょっとおかしいな、って思ってたんですけど、今はもう回復しています」

「めまい、か。今の俺と同じような感じだったのか？」

「部屋を出た直後は足がふらっとする感じがしてたんですけど、すぐに良くなりました。

牧地さんはいつごろから気分が悪くなったんですか？」

「どうだろうな。そう言われてみたら、『驚異の部屋』に入ったときからって気もするな。十三番扉から中に入って――」

牧地が言葉を切り、燐太郎と顔を見合わせる。開業以来一度も使われたことのなかった、開かずの十三番扉。燐太郎はその扉を使って「驚異の部屋」へと入ってきたはずだ。おそらくは牧地もそうなのだろう。見慣れているはずの部屋が、どこか違って見えた。部屋に入ってすぐに、軽いめまいがした。外に残してきたはずの牧地が部屋の中にいて、自分とまったく同じようなことを主張していた。積み重なる違和感。慣れ親しんだものが、ほんの少しだけ違って見えるような、奇妙な感覚。

にじんできた汗が顎をつたう。自分たちの身体の不調は――自分と牧地が襲われためまいは、この違和感に原因があるのではないか？

「あの扉を使って『驚異の部屋』に入ってから、いろんなことが変になりました。別行動してたはずの牧地さんと合流したのもそうですし、牧地さんの体調がおかしくなってるのも、部屋に入ってからだと思います」

「それに、あの『影』もだな。樋高の言う通り、あの扉を通ってからいろんなことがおかしくなってる。まさか、本当に――」

牧地の瞳が揺らいだ。その先に続く言葉を発するのを、ためらっているかのような表情だ。

長く続く回廊の先に、橙色の光が見えていた。亡霊当主の部屋まではもう少しだ。その部屋の前を抜ければ、あとは短い廊下を通るだけで出口にたどり着くことができる。

「――牧地さん、さっきおっしゃってましたよね。異次元の世界がこの世とほんの少しだけしか違わない世界であったとしたら、迷い込んでいても気がつかないんじゃないかって。そういう世界に入り込んだとしても、前の世界から来た本人はなかなか『ここは別の世界だ』っていう確信が持てないと思うんです。なんか前の世界と違うなって思っても、ただの勘違いとか記憶違いかもしれませんし」

「お前が言ってた『比較対象のない間違い探し』ってやつだな。その話がどうかしたのか」

「僕、思ったんです。今ここに僕や牧地さんのスマホがあれば、確認できることもあるのにって」

「スマホ？」

「調べたいことがあるんです。記憶じゃなくてちゃんとした記録と照らし合わせてみれば、何かわかるかもしれないって。とりあえずいったん屋敷を出たら、ロッカーにスマホを取りに行って、もう一回ここに戻ってきますよ」

「……熱心だな。お前はほんとに、徹底してここで起こる超常現象を潰して行こうとしてるんだ」

「ゲストのため、ワールド・ワンダー・パークのためです。安全な運営を心掛ける以上は、幽霊も異次元もパークには必要ありません」

「安全――そうだよ、安全第一だ。アトラクションに入ってきたゲストが異次元に誘い込まれるなんてこと、あっちゃいけない。絶対に」

動くもののない空間の中で、牧地が自らの頬を叩く音が響き渡る。ほくろのある左の目尻を少しゆがめて、牧地は複雑な笑顔を作った。

「とにかく、まずは屋敷の外に出て、スマホを回収しつつ警備の人も呼んでこようぜ。館内をうろうろしてるやつが何なのか、それも確かめなきゃいけないしな。巡回に来るのは三時ごろって言ってたっけ……今、何時だ？」

「そうか、牧地さん、時計持ってないんですね」

「ゲストの前に出るときは、私用の貴金属を身に着けるのは原則禁止だからな。不便だよ」

「ちょっと待ってくださいね。ええと……」

燐太郎は懐に入れていた懐中時計を取り出す。文字盤を握り、時刻を確かめようとしたところで、全身に冷たい震えが走った。

「どうした？」

文字盤をのぞき込んだ牧地も、はっと息を呑んだ。なんとなく、ではない。ひと目で「違う」とわかるもの。比較対象がなくとも「違う」とわかる変化が、そこに存在していた。

時計の秒針が、左回りに回転しているのだ。

「なんだ、樋高。それ、裏返しじゃないのか？　文字盤が透明なデザインって、こういうところが不便なんだな。針の回り方を見ないと、どっちが表でどっちが裏か確認できないだなんて――」

「……いえ。確認しました。『驚異の部屋』でこの時計を落として、首にかけなおすときに、ちゃんと表裏を確認したはずです。身体の前側に表が来るようにして、今握るときも表裏をひっくり返さないように気をつけながら取り出したんです。きつめの服でぴったり押さえていたので、走っている間に裏返るとは――思えません」

燐太郎は唇を結ぶ。これまで平静を保っていた先輩アテンダントの顔から、さっと血の気が引く気配がした。

喉を鳴らして唾を呑み、牧地は燐太郎から視線を外す。震える横顔が、回廊の先に灯る光を見据えていた。

「樋高。この際はっきり言うけどさ。俺、怖がりだっていうの、嘘じゃないんだよ。スペクター・ラビリンスの担当になって十年になるけど、幽霊なんか嫌いだ。見たくない。怖いんだ――そういう、異次元とか、そんな話も、全部」

「わかります」

幽霊が見える燐太郎にだって、怖いものはある。自分では対処しようのない呪いだとか、強力な幽霊だとか。異次元の世界もそうだ。だが、逃げるわけにはいかない――パークの中で起こる超常現象には、自分がしっかりと立ち向かわなければ。ゲストのために。彼らの安全のために。自分を信頼して仕事を任せてくれる、誉田や牧地のような仲間たちのためにも。

「樋高。もし俺たちが本当に、異次元に迷い込んでるんだとしたら」

牧地が答える。かすれた声が、わずかに震えていた。

「どうなるんだ、俺たち？　時計が逆に回るような場所にいて——若返るかもしれないからラッキーだ、なんてことで済む話じゃないよな」

「……わかりません。僕も、異次元には迷い込んだことがないので。時間が巻き戻っているのか、それとも何か別の原因があって針が逆に回っているのか、それすら判断がつかないんです」

「わからないのかよ、お前にも」

「でも、ひとつだけはっきりしてることがあります」

「なんだ」

「牧地さん。振り向かないでください。さっきの足音、後ろからついてくる気がしませんか」

首を巡らせかけて、牧地は硬直する。燐太郎も振り向かず、背後に迫ってくる気配に全神経を集中させる。足音はまだ遠い。しかし、確実に、何者かがこちらに向かって歩いてくる気配がする。ひとつ。ふたつ。牧地の浅い呼吸の音が響いた。燐太郎の顔に視線を投げて、牧地は低い声を絞り出す。

「行くぞ。なるべく早く、ここを出たほうがいい」

「大丈夫ですか。走れますか、牧地さん」

「出口までもう少しだからな。なんとかなるさ——行こう！」

ふらつく身体で立ち上がり、牧地は走り始める。燐太郎もすぐにそのあとを追った。

牧地の言う通り、このエリアと亡霊当主の部屋が見える通路を抜ければ、出口はもう目の前だ。鈍い明かりに照らされた回廊を走る。壁にかけられた奇妙な仮面が、走る燐太郎たちを不気味に睨みつけている。

走って、走って、走りながら——どんどん冷静になっていく頭に、燐太郎自身が戸惑いを覚えていた。強烈なめまい。背後に迫る影。説明のできない違和感に追い立てられるようにして、自分たちはここまで逃げてきた。この場所で起きている異常の正体を、突き止められないままに。「ここ」が異次元であるかどうかを確認するのならば——誰の目にも明らかな現象、何があっても変わらないはずの法則を比べるしかないだろう。水は下に落ちる。月は東から昇って、西に沈んでいく。時計の針は、右回りに回るように設計されている。自分たちが慣れ親しんだ法則に反するものがあれば、「ここ」が自分たちの世界とは異なる世界であると気づくことができるはずだ。

さっきの燐太郎と牧地もそうだ。逆回りに回る時計を見たことで、ようやく「この世界」の異様さにはっきりと気づくことができた。時間が、逆に進んでいる？　牧地と自分が同時に「驚異の部屋」にいたことも、それで説明がつくのか？　時間のずれ……右回転と、左回転。右と、左。大厨房と食糧庫を選ぶ時の、牧地との会話……「驚異の部屋」で感じた違和感。比較対象のない間違い探し。

十三番扉と、四番扉。立っていられないほどの、めまい。

牧地と燐太郎に生じた、奇妙なタイミングの「ずれ」――。

これは。

「樋高！　おい、樋高！」

先を走る牧地の呼びかけに、燐太郎は顔を上げる。相手の目元を見た瞬間、貫くような身震いが体中を走った。不思議なものだ。気づいてしまえば、すべてが「そう」見えてくるのだから――すべてが、あの時から明らかに違っていたのに。どうして今までわからなかったのだろう。この記憶の曖昧さ、比較対象のない間違い探しの難しさこそが、燐太郎を異次元の世界に「迷い込ませていた」原因であったというのに。

扉が開いた部屋の中に、亡霊当主の人形が置かれているのが見える。当主の身体は濡れた土にまみれ、今まさに墓から這い出てきたかのような青白い顔が、虚空を見つめていた。

「哀れな死者。墓の扉は開かない」。泥棒が墓を暴かなければ、呪われた当主が外の世界に放たれることもなかっただろうに。燐太郎はさらに足を速める。前を行く牧地との距離は縮まらない。彼もまた最後の力を振り絞っているようだ。

回廊を抜けた先は、短く続く広い通路になっていた。出口の扉のほんの数メートル前でかがみこんで、牧地は全身で息をし始める。顔色が紙のように白い。燐太郎はその数メートル手前で立ち止まり、かがみこむ牧地の姿をじっと見つめた。床に手をついたままの牧地が、吐息まじりの声で語りかけてくる。

「着いた――でも――」

「樋高、ごめん。もう少しなのに、立てない――足が、ふらふらするんだ」

「わかります」

燐太郎は自分が立つ位置から、一歩も足を踏み出そうとはしなかった。

「牧地さん、ずっとつらそうでしたものね。『驚異の部屋』を出てから――ずっと、立っているのもやっとという感じでした」

「ごまかしながら、ここまで来たんだけどな。でも、出口を見たら安心したんだろ」

牧地は片手で襟元のボタンをはずしながら、さらに続ける。

「樋高、頼む。出口、開けてくれないか。扉さえ開けてくれたら、あとは這ってでも外に出てやるから。頼む――」

毒を盛られ、生きたまま棺桶(かんおけ)に閉じ込められた、哀れな当主。彼を地中の眠りから蘇(よみがえ)らせたのは、欲にかられた墓泥棒であったそうだ。装飾品を狙って墓を掘り返し、当主の棺桶を開けてしまった。すでに死者となっていた当主は、棺桶の中で目を開けるなり、こう言い放ったという。

――礼を言おう。生者の世界への扉は、生者でないと開くことができんからな。

「――こっち側の世界に出る扉は、こっち側の人間じゃないと開けられない。そういうことですか？」

燐太郎は答える。牧地の白い顔に、動揺の影が差した。

「何を、言ってるんだ？」

「僕、回りくどい言い方をするのは苦手なので、はっきりと言います。牧地さんは僕に、外へと続くドアを開けてほしがってる。それは、牧地さんが――今ここにいる牧地さんが、僕らの世界の牧地さんじゃないからだって、そう思うんです。具体的に、どういうルールになっているのかはわかりません。おそらくは、異次元の世界から僕らの世界へ出て行くためには――僕ら（こっち）の世界に属する人間に、ドアを開けてもらう必要があるんじゃないでしょうか。だから、牧地さんは『驚異の部屋』でも、僕にドアの開閉を任せた。それも十三番扉ではなく、他の扉を使うように誘導して」

「……へえ？」

牧地の瞳（ひとみ）からは、弱々しい光が消えていた。かがみこんでいた身を起こし、ゆっくり、どろりとした水のような動作で、立ち上がる。相手が近づく距離だけ、燐太郎も一歩ずつ身を引いた。見慣れているはずの姿が、鈍い照明の光を背負って迫ってくる。

「だいぶ前から、牧地さんと僕、話がかみ合わないなって思う部分はあったんです。『驚異の部屋』で鉢合わせしたときもそうでした。牧地さんは、僕が部屋の外に残っていたはずだと言う。僕は牧地さんを外に残して、部屋の中に入ってきたはずだ。まるで何かに化かされて、二人同時に部屋へ入ってしまったみたいな——でも、違う。牧地さん、あなたは初めからあの『驚異の部屋』にいたんですね。十三番扉を通ることで迷い込んでしまう、僕らの世界とは違う次元の『驚異の部屋』の中に」

　牧地は何も言わなかった。燐太郎はじわり、じわりと距離を詰めてくる相手から遠ざかるように後ずさる。

「十三番とナンバリングされた扉を通ることこそが、僕があなたの次元に迷い込む条件だったんでしょう。『驚異の部屋』には身を隠せる場所も多い。あなたは初めから部屋の中に潜んでいて、部屋に入ってくる僕の様子をうかがっていたんだ。そして思った——こいつに、『墓の扉』を開けさせてやろう、って。あなたは入口側の扉が開かないと嘘をついて、僕に出口側の扉を操作させた。あなたたちの世界への出入り口である十三番扉ではなく、他の扉のほうを、です。十二番扉から外に出た時点で、僕らは現実世界——僕にとっての現実世界に戻って来ていたんですね。十三番扉を通れば、その先は僕らにとっての『異次元』に繋がっている。それ以外の扉を通れば、その先は僕らの世界に繋がっている。そういうルールになっているのではないでしょうか？　実際に、僕が『驚異の部屋』の中で感じていためまいは、部屋から出るときれいさっぱりなくなっていた。部屋の外でめまいを訴えていたのは、牧地さん、あなただけです。それは、こちら側の世界があなたにとって不慣れなもの、少ししか違っていないけれど、明らかに別なものであったせいではないですか。この世界とあなたの世界では、ほんのちょっとだけど、確実に違っているものがある。それが、僕やあなたが感じているめまいの原因だったんです」

「――こっち側の空気に、慣れないせいかと思ってたんだけどな」

薄く開いた牧地の口から、静かな声が漏れる。焦りも動揺も感じさせない、純粋に不思議だと思っているような口調だ。

「それにしては足元がふらつくなあ、まともに歩けないなあと思ってたんだよ。なんなんだ？　その、『確実に違っているもの』って。まさか、時間が逆に進んでいる、なんて大掛かりなことじゃあないよな」

「ものの位置、です」

「位置？」

「あなたの世界と僕らの世界、それこそ見ただけでは気づかないレベルで、色んなものの位置が変わってたんですよ。牧地さん――あなたは、僕が分岐点で右のルートを選んだときに、『愛する妻に毒を盛られる、なんて、あまりにかわいそうじゃないか』って言ってましたよね。僕、この言葉を『愛する者に毒を盛られる悲劇のほうが好きだ』っていう皮肉だと思ってしまったんです。右に行くルートは僕らの世界だと大厨房に繋がっていて、当主の妻が毒を盛ったと知らされるストーリーになりますから。けど、あなたは右のルートが食糧庫に繋がるものだと思っていたんだ。甥が犯人であると解釈できるルートのほうが好きで、『愛する者に毒を盛られるなんてかわいそうだ』と言った。結局は食糧庫のほうから出口に向かう羽目になったんですけど、あなたは『しまった』と思っていたでしょうね。自分がもともといた世界と僕らの世界、少しだけ違っているところがあるぞ、って。それ以来、あなたは館内の展示物やルートについて言及することを避けていた。僕に何かを案内して、認識が食い違っていることに気づかれたらまずいからです。微妙に違っているものは、『位置』だったんですよ。左のルートと右のルートが入れ替わっていた。床の傾きも違っているせいか、立っているだけでめまいがしてしまう。ちゃんと裏表を確認してつけた時計がひっくりかえってしまう――ものの配置が異なる世界に入ると、自分の身に着けているものの位置まで影響を受ける。時計の『トリック』は、こういうことだったんじゃないでしょうか」

「そのせいで時間が逆に進んでいるように見えた、ね。なるほど。実際は透明な文字盤の時計がひっくり返ってるだけだったと。星空を見ても、短い時間じゃその動きが順行してるか逆行しているかはわからないもんだからなあ」

「その通りです。実際はただ『時計がひっくり返っただけ』なのに、警戒していた僕はそれをすごく恐ろしいことのように思ってしまった」

天井を仰ぎ見て、牧地はふっとため息をつく。折り目のついたズボンのポケットに手を入れ、気だるそうな声で問いかけてきた。

「それだけのことで気づいたのか？　鋭いんだな、ゴースト・ホスピタリティ係ってのは」

「実は初めに部屋に入ったときから、自分たちの世界とは違う部分に気づいていたんです。気づいていたというよりは、今思い返してやっと気づいたと言ったほうがいいのかもしれません。さっき言っていた『比較対象のない間違い探し』の答えみたいなものですが」

「回りくどい言い方は嫌いなんだろ。答え、言っちゃえよ」

「お断りします。あなたに教えたら、まずいことになりそうですから」

「急に冷たくなったな。本物の牧地先輩じゃないとわかったら、急に敵認定なのかい」

「敵じゃありません。でも、ひとつの世界に牧地さんはひとりでよくないですか」

「二人いたらうるさくてかなわないって？」

「それもあります。でも――同じ世界に同じ人間が二人いて、良いことが起きたためしなんてないんじゃないでしょうか」

「ドッペルゲンガーってやつかね。俺からも、ひとつ教えてやるよ。そっちの世界が現実だとしたら、こっち側の世界は影の世界みたいなもんだ。本物とそっくりだけど、シルエットでしかないのさ。実体がない。そっちの世界とまったく同じように物事が動いてるけど、空虚なんだよ。自分たちのほうが偽物ってわかってる――そっちよりアドバンテージが取れる点があるとしたら、ここかな。みんな、本物の世界があるってことを知ってる。本物の世界の人間に扉を開けてもらわないと、そっちに行けないってことも理解してる。知ってるか？　俺たちがそっちの世界に行くための通路なんて、このパークの中にはいくつもあるんだぜ。そっちの世界の人間をうまく言いくるめて、そっちの世界に行った仲間だっているんだ」

「その人は——僕らの世界に元々いた『その人』は、どうなるんです」

「さあ。少なくとも、俺たちの世界に入れ替わりで来たって話は聞かないな」

「僕が出口の扉を開けて、あなたが外に出てしまったら？」

「そっちの世界の俺がどうなるって話かい？　この屋敷をさまよう亡霊にでもなるんじゃないか？　本望だろ——ゴースト・ハウスに出る本物の幽霊になれるなんて、アテンダントとしてはこの上ない名誉じゃないか」

「ワールド・ワンダー・パークに、幽霊の存在は必要ありません」

燐太郎はきっぱりと答える。後ずさりをしながら、踵に重心をかけていた。

「異次元の住人もです。あなたを、外に出すわけにはいかない」

「おい——待て！」

ルートを逆走し出した燐太郎を、牧地が追いかけてくる。当主の部屋の前を駆け抜け、扉の並ぶ廊下を走り、「嘆きの回廊」へ。背後から燐太郎たちを追って来ていたはずの影は、どこにも見当たらない。燐太郎には、その影の正体がわかっていた——彼のためにも、自分はあいつを向こうの世界へ送り返さなければいけない。元来た道を、前へ、前へ。立ち止まり、振り返る。廊下の先に、足早に迫ってくる牧地の姿が見える。足取りは弱っていない。屋敷の中をひと通り歩いたことで、こちら側の世界の「傾き」に慣れてきたのだろう。

「待てよ――なあ！　どうする気だ？　俺はもう、こっち側の世界に出てきてる。あとはお前たちの誰かに扉を開けてもらって、外に出るだけだ。お前がここから逃げたとしても、俺は屋敷の中に潜んで、外に出るチャンスを待つぞ――それとも、俺をとっ捕まえて殺しでもしておくか？　なあ、樋高！」

「ああ、その通りだよ――あなたをこのまま、放ってはおけない」

高く響く笑い声を聞きながら、燐太郎はさらに走る。分岐した通路の大厨房側を抜け、奇妙な植物が生い茂るサンルームへ。「武器の回廊」。獲物たちの首が並ぶ廊下。最初にたどったものと同じルートをひたすら逆走して、「驚異の部屋」の前へとたどり着く。

三枚の扉の前に立った。部屋の外にも非常用の操作盤があるはずだ。

「――あれだ」

壁の切れ目を見つけ、燐太郎はその場所へと駆け寄っていく。操作盤の蓋を開け、向かって左側、下向きの三日月形のプレートがついた扉の開閉スイッチを押す。追いかけてくる牧地の足音が近くなった。操作盤の蓋を閉める。部屋に飛び込み、ふらつく身体を立て直しながら、今度は入口側の扉に向かって駆けていく。

「なあ、もう追いかけっこはやめようぜ」

部屋へと入ってきた牧地が、通る声で叫んだ――背格好も、顔つきも、声も、こちらの世界の牧地と見分けがつかないほどに、似通っている。だが彼はこちら側の世界の牧地とは別の「何か」だ。ゲストや彼の家族、燐太郎たち同僚がずっと共に過ごしてきた、こちら側の世界の牧地ではない。

「出口の扉を開けて、俺を外に出してくれよ、樋高。そうしたって、お前には何の問題もないだろ。同僚の一人や二人が別人と入れ替わったって、お前には何の損もない。そうじゃないか？」

「いや、だめです」

「お前、わりときっぱりそういうこと言うよね。こっち側の世界のお前といっしょだ」

「だめなものはだめなんですよ。あなたはこっちの世界の牧地さんじゃない。こっちの世界のアトラクションの案内に関しては、へたくそかもしれないじゃないですか」

牧地が片頬を上げる。発した声は、低くざらついていた。

「なんだよそれ。偽物と入れ替わったら困る理由って、それだけなのかよ」

「こっちの世界の牧地さん、人気のガイダンス・アテンダントなので。いなくなったら困りますから」

「そういうふざけたところも、こっちの世界のお前といっしょだよなあ！」

突然距離を詰められて、燐太郎はうろたえた――向こうの動きのほうが素早いが、今はひるんでいる場合ではない。床を蹴り、その場から離れる。円形の部屋の中を、相手との距離が大きくなるよう、懸命に逃げ回る。ずっと走り続けていた胸が、軋むように痛んだ。足元がふらつく。なんとか体勢を立て直しながら、追いかけてくる相手との距離を保ち続ける。

牧地は笑っていた。ときおり立ち止まり、燐太郎の動きを見てから、また翻弄(ほんろう)するように距離を詰めてくる。

「朝まで走り回るつもりか？　無駄だよ、あともう少ししたら、俺はこの部屋から出ていくぜ。警備員が出口の扉を開けるのを待って、外に出るからな。まあ、その前にお前をどうにかしておいた方がいいだろう。安心しろ、殺しまではしないって。俺が外に出るまで、その辺で転がっててくれればいいさ」

「いや、それもだめです」

ロープをまたぎ越し、不気味な瓶が立ち並ぶ棚の前を走って、燐太郎は振り返る。うまくいくかどうかはわからない。訓練通りにやってみるだけだ。

「朝五時までには切り上げて出るようにって、警備の人に言われてますからね！」

棚の奥にすばやく手を突っ込み、瓶の陰に隠されていたスプレーを取る——ゲストの目には触れないように設置された、催涙スプレーのひとつだ。読みが当たって良かった、と、燐太郎は息を吐く。スプレーのレバーに手をかけた。ためらいはない。不審者が暴れるようなことがあれば、迷いなく使えと言われている。

迫ってくる牧地が身構えるより早く、燐太郎はレバーを引いていた。白い霧が散り、牧地がうめきながら目を押さえる。棚の中のものを手当たり次第に取って、苦しむ相手目がけて投げつける。両手で投げた瓶が頭に直撃したところで、牧地が地面に倒れこんだ。意識はあるらしい。這いつくばり、悔し気に自分を睨みつける相手を置いて、燐太郎は入口側の扉へと駆け寄った。牧地が起き上がる。非常用の操作盤を開けた燐太郎に向かって、ふらつく足で向かってくる。

「まさか——この部屋に、閉じ込める気か？」

相手の言葉には答えず、燐太郎は開閉スイッチを押し上げる。中央の十二番扉が、なめらかに、音もなく開いた。

「無駄なんだよ！　お前、さっき向かって左の四番扉からこの部屋に入っただろ。ここはまだお前たちの世界、お前たちの世界の『驚異の部屋』だ。ここに閉じ込めたって——俺は——」

牧地の目がはっと見開かれる。どうやら気づいたらしい。開きつつある扉のほうに身体を向けながら、燐太郎ははっきりと言い放った。

「十三番扉を通れば、君たちの世界に行く。それ以外の扉を通り抜ければ、その先はもう僕たちの世界だ。十三番扉は出口側と入口側に二つある。さっきの答え合わせだよ。僕が最初に『驚異の部屋』に入って感じた違いは、扉の位置だったんだ。十三番扉と四番扉、その位置が逆になってるってね。今思い出してみれば、はっきりわかるよ。僕らの世界では、『驚異の部屋』の出口側の十三番扉は部屋の中から見て右側にある。でも君たちの世界では、逆だ。さっき僕が開けたのは、僕たちの世界にある十三番扉のほうだったんだよ」

はじめに『驚異の部屋』に入ったとき、燐太郎はあるものの配置にわずかな違和感を覚えていた。満月形のプレートがかけられた、中央の十二番扉。下向きの三日月形のプレートがかけられた、向かって左の四番扉。そして上向きの三日月形のプレートがかけられた、右側の十三番扉。

入口側の十三番扉から「驚異の部屋」に入ってきた燐太郎は、出口側の右側の扉が十三番扉だと思ってしまった。だが、あの部屋の中では、十三番扉と四番扉の位置が入れ替わっていたのだ。燐太郎も、情報量の多い部屋の細部をすべて覚えていたわけではない――違和感を覚えたのは、プレートの形だ。十三代目の当主を描いた象徴的な絵には、下向きの三日月が描かれている。使われていない十三番扉にも同じ形の三日月が書かれていたはずだと、かすかな記憶を思い出したのだ。その推測は当たっていたらしい。燐太郎が部屋の中で四番扉だと思っていた左側の扉は、向こうの世界の十三番扉だった。こちら側と向こうの世界で、扉の位置が逆になっている。牧地はそれを知らず、燐太郎の誘導通り、出口側の十三番扉からこの部屋へ――燐太郎たちにとっての異次元の世界へ、戻ってきてしまったというわけだ。

叫ぶ牧地が足を踏み出し、その場に倒れこむ。頭の傷の痛みに顔を歪(ゆが)め、悔しさに歯を嚙(か)みしめて、牧地は燐太郎を睨みつけていた。開いた十二番扉から飛び出し、燐太郎は操作盤へと駆け寄っていく。入口側と出口側、「開」のランプが点灯しているふたつのスイッチに、指をかける。

「さよなら、向こうの世界の牧地さん」

スイッチを下げる。起き上がり、こちらへ向かってこようとする牧地に向かって、燐太郎はさらに続けた。

「向こうの牧地さんの誘導も、すばらしいものでしたよ」

両開きの扉が完全に閉まり、あたりに静寂が戻る。燐太郎は耳をそばだてた。部屋の中からは何の音も聞こえてはこない。扉を閉めてしまったことで、向こうの世界の牧地を元いた部屋に送り返すことができたのだろう。

「――樋高！」

背後で響く声に振り返り、燐太郎は笑みを浮かべる。見慣れた姿の相手に言葉をかけた。

「牧地さん。無事でよかったです。そうですよね、牧地さんの目尻のほくろ、右にありますもんね」

「何言ってんだ？ そっちこそ大丈夫だったのかよ。ドアを開けたらお前がいなくなってるし、どうも館内を歩いてるみたいだしで、何度か非常口を使って先回りしてたんだぜ。追いかけても逃げるし、何かあったのかってずっと心配してたんだよ。誰かと話してなかったか？ まさか――幽霊と合流して、屋敷の中を散歩してたなんて言うなよ」

眉を上げる牧地に、燐太郎は笑顔を見せた。やはりあの影の正体は、自分たちを追いかけてきていた牧地だったらしい。どうやら「非常口は使えない」という向こうの世界の牧地の言葉は、嘘だったようだ。正式な出口から外に出なければいけない、というルールでもあったのだろうか？　いずれにせよ、二人の牧地が鉢合わせをしなくてよかった。閉ざされた三つの扉を見て、燐太郎は口元を引き締める。

「幽霊じゃないです。牧地さんと同じ、優秀なガイダンス・アテンダントと、館内を散策してたんですよ。僕、もう少しで墓の蓋を開けちゃうところでしたけどね――」

牧地が首を傾げる。固く閉じた三つの扉が、二人の姿を見下ろしていた。

＊

「で、どうよ。十三番扉の使用に関して――『やっぱり異次元に繋がってました。使うのはやめておいた方がいいです』って、素直にそう言うのか？　企画開発部の会議で？」

パークの北側に位置する、アテンダント専用の駐輪場。学生時代から愛用している自転車を押しながら、燐太郎は牧地の言葉に頷いた。空は白み始めている。清掃を担当するアテンダントやリハーサルを控えたダンサーたちが出勤して、パークが動き始める時間だ。五時までには切り上げると言っていたのに、警備の立ち会いで安全確認をするのにずいぶんと時間がかかってしまった。

「もちろん、言いますよ。百キロくらい遠回しに、ですけどね。『開業当初から稼働していなかったあの十三番扉を使いはじめるからには、ちょっと新しいこともしたいと思います。点検ついでに扉のプレートを付け替え、設定も変えてみてはいかがでしょうか。扉のナンバリングをやめるんですよ。向かって右の扉には、天使のマークがついている。その扉から部屋に入ると、願いが叶うっていうストーリー付きで、『どうでしょう』って」

「いやあだめだな。それだと、右のルートにゲストが集中しちゃうだろ」

「わかりました。じゃあ、何の変哲もない扉っていう設定で、プレートだけ付け替えてもらうことにします」

「それで大丈夫なのかね」

「大丈夫だと思いますよ。異次元とか、あの世とか——そういうものとの繋がりってすごく脆くて、ちょっとしたことで簡単に壊れちゃうものですから」

「そんなもん、なんだな。異次元の世界ねえ。俺が二人いたら、二倍ガイドツアーを回せるけど、そういうわけにもいかないってことか」

大きく伸びをして、牧地はパークのほうへと視線を投げた。この位置からは、スペクター・ラビリンスの屋根の一部と、拡張エリアの工事現場の一部が確認できる。青みを増していく空に、幾何学的な重機の形が影を作っていた。

「まあ——新エリアの開発は、止まんないだろ。その中で、いろいろと変えていかなきゃいけないものだってある。ほころびが出る部分があったって、新しいものを作り出す手は止めちゃいけない。それがワールド・ワンダー・パークの哲学だから……だろ？」

燐太郎に視線を戻して、牧地が続けた。開発と、変化。新しいものを切り開こうとすれば、必ずそこに歪みが生じる。それは生者が対処すべき問題であるかもしれないし、どうにもできない問題であるかもしれない。燐太郎自身も、たったひとりでパーク内の超常的なトラブルに立ち向かえるか、不安な部分もあった。だが立ち止まってはいけない。自分にはちょっとした能力と、託された役割がある。牧地や鴛鴦のような、心強い味方もいる。彼らアテンダントたちの力を借りながら、向き合っていけばいい――パークの中から、脅威が完全に去る日まで。

敬礼する真似をして、燐太郎は牧地に笑顔を見せる。片頰を上げた牧地が、柔らかい声で返してきた。

「おつかれさま。睡眠はしっかり取れよ。これからのシーズン、残業がなくてもハードだからな」

「修学旅行のシーズンですもんね。牧地さんも、おつかれさまです。またゲストとして遊びに行ったときは、屋敷の中を案内してください」

片手を振り、牧地は駅へ向かう道へと歩いて行った。その背をしばらく見送り、燐太郎も自転車を押し始める。

かなりの空腹を覚えていた。家の近くのコンビニで温かいものでも買おう、と考えているところに、人の話し声が耳に入る。燐太郎の斜め前を歩く、作業服の二人組。新エリアの工事に入っている作業員らしい。二人の作業員は缶コーヒーを片手に、平坦(へいたん)な口調で言葉を交わしていた。

「また出たんだろ、あれ、なあ。そのたびに工事が止まるんじゃ、たまったもんじゃないぜ」

「出ることは出たらしいですね。でも、もうそんなに大事にはならないと思いますよ。事件性がないってのもわかりきってますし。確認作業にどれくらいかかるのかな。とりあえず、うちらは報告を待つしかないですね……」

二人の会話を半身で聞きながら、燐太郎は空を見上げる。

空を突き刺すクレーンの首が、ちっぽけな自分を無表情に見下ろしていた。

サーカス・トレインの約束

パレードの音楽が、華やかな余韻を引いて終わる。「センター・キャラバン」の鑑賞スポットに集まっていたゲストたちが、人の流れに乗って各エリアに散り始める。

季節イベントのない土曜日の午前、パークはさまざまな年代のゲストで混みあっていた。快晴、無風。昨日は悪天候で出動できなかった限定パレードの台車(フロート)も、今日は多くのゲストにその姿をお披露目することができたようだ。パレードの誘導を担当するアテンダントや、ダンサーたちの笑顔が目に浮かぶ。

燐太郎は行きかうゲストたちに手を振りながら、こんにちは、楽しんで、と明るく声をかけ続けた。ほとんどのゲストが笑顔で手を振り返してくれる。センター・キャラバンの制服に身を包んだ燐太郎に向かって、カメラを構えるゲストもいる。運行を停止しているアトラクションは定期メンテナンスに入っている「クロードおじさんの不思議な夢」だけ、開園から今まで大きなトラブルの報告はない。パークを運営する側の人間としては、この上なく理想的な一日だ。

「こんにちは。よい一日を」

離れた位置で写真を撮るゲストに笑顔を見せ、小さな手を振る子供に視線を送り、燐太郎はパークを歩くゲストたちの姿をしばらく見守った。鑑賞エリアに集中していたゲストが各エリアへ拡散していき、行きかう人の流れが次第にゆっくりになっていく。観覧車も回転木馬も写真に収まらない、少しだけ寂しい場所。パークの「隅っこ」のような休憩エリアの前にたたずんだまま、燐太郎は上げっぱなしにしていた手をおろした。どのゲストからも、今は少し距離がある。

「……ふう」

「あら、珍しい。『ショックリー・ブラザーズ・サーカス団』の団員さんが、ため息だなんて」

不意にそう言葉をかけられて、燐太郎は声のしたほうを振り返った。清掃業務担当のアテンダント、坂下伊和子（さかしたいわこ）が短い箒（ほうき）を手にしたまま微笑んでいる。

「……かっこ悪いところをお見せしましたね。昨日は逃げだしたトラを捜して一晩中街の中を走り回っていたものですから。もうへとへとですよ」

センター・キャラバンの一角で行われているショーのネタを交えて、燐太郎は答えた。坂下が小さく声を上げて笑う。パークの中で交わされる会話は、すべて「ショー」のひとつでなければいけません、ゲストにその内容を聞かれても、がっかりさせることのないようにしましょう――とは「アテンダント心得百箇条」にも書いてある話術だが、燐太郎たちも生きた人間だ。ゲストの耳に入らない時には、アテンダント同士で他愛もない世間話をしたりもする。

ゲストが自分たちのほうに注意を向けていないタイミングで、燐太郎は地面に落ちたポップコーンを掃き集めている坂下に歩み寄った。小さな声で語りかける。

「僕、ため息ついてました？」

「肩ごと息をついてたわよ。身体がしぼんじゃうんじゃないかってくらい、大きなため息だった」

坂下は三十六年前の開業当初からワールド・ワンダー・パークを見守ってきた、熟練のクリーニング・アテンダントだ。もしかしたらパーク内の誰よりも多くのゲストを迎え入れ、会話をし、見送ってきた人物かもしれない。柔らかく微笑む相手に向かって、燐太郎は頭を掻いてみせた。相手がどれほど気さくな人物であっても、勤続年数の長いアテンダントと話すのはちょっと緊張するものだ。

「まずいな。僕、考え事するとため息をつく癖があって、新人のときから先輩たちに注意されてたんです。ゲストの前では絶対にやるなよって怖い顔で言われたんですけど、そりゃそうですよね。注意されても時々やっちゃうんで、『ブルーストーンズ・バレー』の疲れ切った工場労働者のキャラクターとしてグリーティングさせるぞ、なんて脅されたこともありましたし」

「ふふ、何それ。ちょっと面白そうじゃない」

「そのときは、『専門のアクターさんじゃないのに、グリーティングさせてもらえるんですか。やったあ』って言ったもんだから、さらに怒られましたよ。憧れだったのになあ、グリーティングする側になって、ゲストと写真撮るの」

笑いながら、坂下は箒を金属製のダストパンにセットした。パーク内に落ちている色々なごみを集めているというのに、彼女の持つ道具はいつも新品のようにぴかぴかだ。

身を起こした坂下は、通りを歩くゲストに向かって手を振った。燐太郎も坂下の隣に並び、また手を振り始める。一部のゲストが手を振り返してくるが、近寄ってくる人はいない。坂下は目線だけで燐太郎の顔を見た。少し落とした声で話しかけてくる。

「……本当に大丈夫？　さっきはあんなこと言ってたけど、樋高君、いつもは元気いっぱいにゲストと触れ合ってるじゃない。困ってることとか、悩んでることがあるなら、話してみて。一回目は聞くだけにしておくから」

坂下はセンター・キャラバンのクリーニング・アテンダントを束ねる立場だ。エリア内を隅々まで見回っているため、他のスタッフと接触する機会も多い。アテンダントから アテンダントに伝わった情報は、時に企画開発部や経営陣の耳に入ることもある。伝わるのは悪い噂だけではない。ひとりのアテンダントからもたらされた意見が、運営側の人間を動かすことだってあるのだ。

燐太郎は空を見上げ、軽く咳ばらいをした。他のどんなスタッフよりもパークの中を注意深く見ているクリーニング・アテンダントなら、細かい異変にも気がついているかもしれない。

「坂下さん。最近、パークの中で『変なものを見ることが多くなったな』と感じることはありませんか？」

燐太郎の問いに、坂下の表情が少しだけ曇った。窃盗や不審者の情報など、セキュリティに関する質問だと思ったのだろう。

「あ、犯罪に関することじゃないんです——たとえば、さっきまでそこにいたはずのゲストが、振り返ったらいなくなってる、とか。つまりは心霊的な事件ってことなんですけど」

「ああ」

再び顔をほころばせ、坂下は答えた。風に吹かれて飛んできたレシートを素早くダストパンに掃き入れて、続ける。

「樋高くん、ゴースト・ホスピタリティ係だもんね。そう言えば、最近よくセンター・キャラバンを離れてどこかに行ってるみたいだけど、そういうトラブルが増えてきたの？」

「心霊的な事件に対応する」という燐太郎の仕事を、冗談半分本気半分で受け入れてくれているアテンダントも増えてきた。坂下はそのひとりだ。

「最近のリニューアルに伴って、変な案件が増えてきたな、とは感じています。この前なんて、異次元の住人とやり合う羽目になりましたからね」

「異次元⁉　それはまた、すごいじゃない。ゲストがそんなところ迷い込んだら大変ね」

「ええ。異次元に迷子センターはないでしょうから」

「ファクトリー・ザ・パニック」に現れたエンジニアの幽霊と、彼が隠そうとしていた、本当に「見せたくない」何か。「スペクター・ラビリンス」の閉ざされた十三番扉と、その向こうに潜んでいた異次元の世界。二つの事件は、いずれもパークのリニューアルに関わるアトラクションの中で起きている――偶然なのか、それとも何かを変えようとすることで生じた歪みのようなものが、パークに悪い影響をもたらしているのか。

　ワールド・ワンダー・パークは、まだまだ大規模なリニューアルを控えている。「クリーピー・スクエア」の拡張に、新しいホテルの建設。四十周年に向けたショーやパレードの大規模リニューアルと、シアターの建て替え。第六のエリアの建設計画に、新たな映画コンテンツの導入。古き良きテーマパークの心を守ってきたワールド・ワンダー・パークだって、いつまでも昔のままではいられない。もちろん、変わることを寂しく思うゲストもいる。燐太郎だって、昔のままのパークに思い入れがないわけではなかった――けれど、リニューアルにともなって広がっていく雲のような不安は、それとはまた別の場所にあるものだ。

　出現した幽霊の影響で、アトラクションが止まる。地中から出てきた「何か」が原因で、工事が止まる。まるで、何者かが地下深くから伸ばした手で、歩み続けようとするパークの足を引っ張っているかのように。その根源となるものはどこにあるのか。燐太郎は、それに打ち勝つことができるのか。今までだって、攻撃的な幽霊に出会ったことはある――だが彼らはあくまでも生きた人間の延長線、人間らしい不平不満をぶつける

「かわいらしい悪霊」でしかなかった。話し合いや簡単なお祓いで解決してきたそれらの問題と同じように、この大きな混乱に対処していくことはできるのだろうか。

燐太郎だって、新しく生まれ変わるパークをただ素直に楽しんでいたい。リニューアルしたアトラクションや新しいエリアを、ゲストたちに心置きなく味わってほしい。色々な気持ちがないまぜになって、ついため息をついてしまったのだろう。坂下以外のアテンダントやゲストには聞かれていなかったようだが、気をつけなければ。

坂下は空を仰いで、箒をセットしたダストパンの柄を腰の高さで持つ。足を踏み出しながら、柔らかい声で言った。

「幽霊なら、よく見てるわよ。毎日毎日、時期によっては千人単位で見てるかしらね」

「マジですか？　それは、どんな——」

身を乗り出した燐太郎に向かって、坂下は悪戯っぽく笑ってみせる。

「季節イベントの限定グッズが売り切れちゃって、悲しそうにさまよっている幽霊さんたち。販売個数を増やすなりしてどうにかしてあげて、って、グッズの企画さんに言ってくれたら助かるわ」

目をしばたたかせ、燐太郎は苦笑いをする。燐太郎を和ませるための冗談半分の話だとは思うが、しっかりと胸に留めておこう。

笑顔で去っていく坂下の後ろ姿を見送って、燐太郎はまた天を仰いだ。晴れ渡った水色の空に、セコイアの葉が揺れている。ここはセンター・キャラバンの一角、「ワールド・サーカス・トレイン」の駅前広場だ。常緑樹や低木が植えられた駅の周囲は嘘のように静かで、時の流れもゆっくりとしているように感じられる。

ゲストとして訪れたときは、この駅前広場のベンチで木を眺めて過ごすのもいいが――ずっとサボっているわけにもいかない。エントランスに近い側に移動して、積極的にゲストへの声掛けをしなければ。

歩き出そうとしたところに、軽い力でジャケットの裾を引っ張られる。燐太郎は立ち止まり、背後を振り返った。四、五歳の男の子が小さな唇を結んで、燐太郎の顔を見上げていた。

「こんにちは、素敵なお客さま。どうなさいましたか？」

笑顔で声をかける。男の子は決心したように口を開いた。

「サーカスのチケットください」

不安そうな口調だ。燐太郎は周囲を確かめる。すぐそばでこちらを見守っている男女が、この男の子の保護者なのだろう。ひとりでお願いしてきてごらん、と、男の子を燐太郎のもとに行かせたに違いない。

「ひみつのサーカスのチケット……」

小さくなる声と、ますます強く握られる手。丸い頰に赤みが差している。燐太郎は表情をさらにゆるめた。相手の目線に合わせてかがみ、小声で語り掛ける。

「よく知ってますね、お客さま。もしかしてベイリーのお友達でしょうか？」

男の子は保護者らしきゲストをちらりと確かめて、また燐太郎を見る。少しだけ口元をほころばせ、愛くるしい声で囁きかけてきた。

「本で読んだの。ベイリーの友達には、チケットをくれるって」

燐太郎は目を見開き、驚いた表情を作ってみせる。上着の胸ポケットから一枚のチケットを抜き取り、男の子に向かって差し出した。薄いセピア色の紙に刷られた、赤いインクの文字。ショッククリー・ブラザーズ・サーカス団のロゴと、鼻を上げる象のベイリーのイラスト。センター・キャラバンのアテンダントに声をかけると貰える、記念カードのようなものだ。

周年イベントや季節イベントによって図が違ったりするので、開業当初からこのチケットをコレクションしているゲストも多いという。もちろん、パークの世界観を大事にするゲストやアテンダントにとっては、ただの記念カードなどではない。これは象のベイリーの友人として特別に貰う、夢のようなショーへの招待チケットなのだ。

男の子はチケットを両手で握り、はじけるような笑顔を見せる。走り出そうとしてから振り返って、燐太郎に深々と頭を下げていった。

いつもの笑顔を保ちながら、燐太郎は胸にこみ上げる感情を抑える。小さな子供は、本当にかわいい。子供のような笑顔を見せて、パークを楽しんでいるゲストも。「よい一日を」と、男の子と合流した保護者にも手を振って、ゲストの流れに溶け込む三人の姿を見送った。他のゲストとは、まだ少し距離がある。思わず言葉が漏れた。

「懐かしいな」

初めてパークを訪れたときに貰ったあの記念カードは、今もアルバムに挟んでいる……大きな震災があった年だった。日本中が深い悲しみと不安に包まれる中、少しでも元気になってほしいと、ワールド・ワンダー・パークの運営が地域の子供たちを招待してくれたのだ。

「あれから、毎年来るようになったんだっけ」

パークに連れてきてくれた両親とも、今は離れ離れに住んでいる。「ほら、行くよ」と自分の名を呼ぶ声が遠く耳に蘇（よみがえ）ってきて、燐太郎は懐かしい気持ちになった。ワールド・サーカス・トレイン。クロードおじさんの不思議な夢。初めてパークを訪れたときに乗ったアトラクションの記憶は、今でも強烈に残っている。触れあったキャラクターの手の温かさや、アテンダントとの楽しいやりとりも。あの男の子も、燐太郎に勇気を出して話しかけたときのことを、心の片隅に残しておいてくれるだろうか。

男の子が去っていった方をもう一度見やって、燐太郎は身体ごと後ろに向きなおる。

「キャラバン・カルーセル（回転木馬）」の前まで戻ろうと歩き始めた、そのときだった。

ワールド・サーカス・トレインの駅前広場、セコイアの木の真下に置かれたベンチに、ひとりの男性が腰を掛けている。厚手の黒いコートと、タータンチェックのマフラー。黒く磨かれた革靴。年は……五十代から七十代のいくつにも見える、不思議な印象の男性だった。目にした光景の珍しさにしばし立ち止まり、燐太郎は息を呑（の）んだ。

男性は、生きている人間ではない。幽霊だ。少し離れた場所を歩くゲストたちも、ゲストの整理にあたるアトラクション・アテンダントたちも、ベンチに座るコート姿の男性を一顧だにしようとしない。今は初夏で、半袖(はんそで)でも汗ばむほどの陽気なのに。

目の前にいるのが生きた人間ではないとわかった瞬間、燐太郎の全身に緊張が走った。それほど危ない幽霊のようには見えない。だが、ゲストにどんな影響を及ぼすかがわからない以上は、放っておくこともできないだろう。場合によっては強く説得をするなりして、すぐにでもここから出てもらわなければ。気を引き締め、足を踏み出す。笑顔を作って語り掛ける。

「こんにちは」

燐太郎の声に、ベンチの男性は視線を上げた。鼻筋がまっすぐ通った、上品な印象の顔立ちだ。

「素敵なお客さま。何かお困りですか」

生きているゲストに向けるものと同じ笑顔を見せ、同じ言葉をかけて、燐太郎はその男性に歩み寄って行く。少し離れたところを歩く学生のゲストたちが、不思議そうな視線を投げかけてきた。そのゲストたちに微笑み返して、また男性のもとへと近づいていく。燐太郎がベンチの前に立ったところで、男性も表情をゆるめた。生きている人間がするものとまったく変わらない、自然な反応だ。

「すごく混んでますね。ずっと来てなかったから、びっくりしちゃって」

涼やかな声に、丁寧な口調。燐太郎がパークの中で出会う幽霊のほとんどは、こうした悪意のない「ジェントル・ゴースト」たちだった。騒ぎを起こすわけでもなく、生きているゲストに悪戯をしたりもしない。ただしばらくパークをさまよって、いつの間にかどこかへ行ってしまう。旅立つ前に思い出の地を訪れたいと思うのか、それとも憧れの地を一目見てから地上に別れを告げようと思うのか。

直属の上司であり、燐太郎をゴースト・ホスピタリティ係に任命した当人である誉田は、このような幽霊を積極的に「追い出す」ことに難色を示していた。ここにいたいのなら、好きなだけいさせてあげればいい。悪いことをするわけじゃない、彼らだってパークを訪れるゲストのひとりなんだから、と。彼らに悪意がないことは、燐太郎だってわかっている。ほとんどの場合は、何も事件が起きないこともわかっている。だが、見逃しておくことはできない。どれほど優しくても彼らは幽霊だ。パークからはできるだけ早く――立ち去ってもらわなければいけない。

少しだけ首を傾げ、燐太郎はまた笑顔を作る。さっきよりも柔らかな口調で答えた。

「シーズンオフの土曜日としては、多くのゲストさまに楽しんでいただいています。お客さまは、久しぶりにパークへお越しいただいたようですが」

「ええ。かなり昔に、一回来たか二回来たかってくらいのものです。本当はもっと頻繁に来たかったんですけどね。ちょっと、いろいろと思い出……っていうのかな、来づらくなる理由がありまして。変な話なんですけど、死ぬ直前に後悔しましてね。ああ、あの時ちゃんと行っておけばよかった、もう遅いかな――なんて思ってたら、ここに来てしまったみたいでしてね。おかしいでしょう。他のどこでもなく、あの世に旅立つ前にテーマパークに来たいと思うだなんて」

目尻を下げて、男性が燐太郎を見上げる。燐太郎はすぐに答えた。

「いいえ。私もこのワールド・ワンダー・パークが大好きですから。あの世に旅立つ前には、必ずここに来ると思います」

「あなたは、生きている人間なんですね」

「はい」

「それなのに、私と話ができるんですか」

「それが唯一の特技でして。パークの中ではあの世のお客さまのお助けをするよう、本部からも仰せつかっております。ゴースト・ホスピタリティ係、という役職までいただいているんですよ」

「へえ、それはすごい。すごいなあ」

感嘆のこもった声だ。相手の素直な反応、まっすぐな称賛の声に、燐太郎は胸の痛みを覚える。自分は、彼を追い出す目的で声をかけているというのに――いや、迷うな。丁寧に話を聞いても、最終的にはここから出て行ってもらうのが目的だ。口角を上げ、燐太郎は相手が再び口を開くのを待つ。

男性は頭上を見上げ、少しだけ遠い目をした。ここに植えられているセコイアの木は、パークの中で最も背が高く、最も古い植物だ。開業当初に植えられたものだと聞くから、もう三十五年以上、ここでゲストを見守り続けてきたことになる。セコイアの木はとても長生きらしい。空を覆うようなその枝を見上げながら、男性が囁くように言う。

「……人を待っているんです。ずっと前に、ここで会おうって約束した人を。ちゃんと覚えてたよ、ちゃんと来たんだよって、どうしても伝えたくて」

　男性の手には一枚のチケットが握られていた。センター・キャラバンのアテンダントに声をかけると貰える、ショッククリー・ブラザーズ・サーカスへの招待チケットだ。二十周年記念のロゴが印刷されているということは、十六年前のものか。紙の端がほんの少し破れてはいるが、色は鮮やかに残っている。

「そちらのチケット、大事に保管されていたんですね」

　燐太郎の声に、男性はチケットを握りしめたまま応えた。

「再会したときに、お互いこれを目印にしようって話になりましてね。捨てられなくて、ずっと持っていましたよ。ノートに挟んで、机の引き出しに入れて、ふとしたときに眺めたりして——つらい思い出だってたくさんあるっていうのに、いざってときには楽しい記憶ばかり思い出すだなんて、変な話ですよね」

「いえ——入園チケットや記念カードを、思い出の品として宝物にするゲストさまもいらっしゃいますから」

　燐太郎自身、初めてパークを訪れたときの入園チケットや、キャラクターに貰ったサインを宝物として大切に保管している。まして大切な人との思い出が詰まったものなら、なおさらだ。

「いい思い出だけではない、いろいろな思い出が混ざったお品であっても、大切にされるお気持ちはわかります。特にお客さまの場合は、それがお約束の品であるようですので」

「ずっと不安だったんですよ。約束を覚えているのは自分だけで、相手はそんなことすっかり忘れてるんじゃないかって。おかしいでしょう？　十六年後の同じ日に、またここで一緒に汽車に乗ろうって、そんな口約束をしただけなんですから。それが今日なんです。時間も決めちゃいない。来るかどうかっていうより、そもそも相手がその約束を覚えているかっていうのが問題なんですけどね。でも、私はちゃんと覚えてたんですよ。むしろ、一日だって忘れたことはなかった。十六年間、その日を指折り数えていたくらいだったのに。なんで約束を守れなかったんだろうって、死ぬ直前に後悔しましてね」

長く響く汽笛。発車を知らせるベルが鳴り響く。ワールド・サーカス・トレインは、ワールド・ワンダー・パークの中で唯一、園内のすべてを見て回ることのできるアトラクションだ。始まりの地のセンター・キャラバンを出発して、五つのエリアをすべて回り、またセンター・キャラバンへと帰ってくる。開業当初からパークの中を巡回し続けてきた汽車は、数えきれないほどの思い出や約束を見守り、見届けてきたはずだ。

ずっとずっと変わらないはずのこの場所を、男性とその相手が約束の地として選んだのもうなずける。しかし――。

「差し出がましいことをお聞きしますが、お客さま。そのお相手は、今のお客さまと会われたとしても――」

男性は困ったように微笑んだ。ベンチから立ち上がり、燐太郎からは視線を外したまま答える。

「今の私が目の前に来ても、向こうは気がつかないと思いますよ。でも、いいんです。ここに来たのはただの自己満足みたいなものですから。ちゃんと来たぞ、約束は守ったんだぞって、自分自身に言い聞かせたいんでしょう。それでいいんです。今さら――私にできることなんて、ありませんから」

「しかし、それでは」

燐太郎は身を乗り出す。相手はすでにベンチから離れ、どこへともなく歩き出そうとしていた。

「それでは、お相手もつらい思いをされることと思います。あなたのお姿が見えなくても、一言、ちゃんと約束を守ったよ、ここにいるよと、お伝えするだけでも違うのではないでしょうか」

男性の幽霊は振り返り、立ち尽くす燐太郎を透明な表情で見据えた。流れていくゲストを背景に、その姿が溶けていこうとしている。ふとした瞬間にすれ違い、振り返ったときには雑踏に紛れてしまうような、はかない存在。そんな害のない幽霊など、今までに数えきれないほど出会ってきたではないか。燐太郎は足を踏み出す。にわかに吹き始めた風に、男性の声がかき消されようとしている。

「……いいんです。私自身、ここにいるのがつらくなってきましたから」

ほんの数メートルの距離が縮まらない。燐太郎が伸ばした手は、何に触れることもなく空を切ってしまった。

「こんな幸せなところに、私みたいなものが――いるべきではないでしょう――」

声が吹き飛ばされる。背景に紛れるように、男性の姿も見えなくなってしまう。

宙に手を伸ばしたまま、燐太郎は振り返った。さっきまで男性が座っていたベンチには、小さな子供を連れたゲストが座っている。すぐそばのフードワゴンで買って来たらしいピザとコールドドリンクを手に、その親子は笑っていた。

喧騒が蘇ってくる。首を振り、燐太郎は深く息を吐いた。目をこする――どことなく、視界がぼんやりとしている。あの、と横から声をかけられて、はっと我に返った。ひとりの女性ゲストが、遠慮がちに燐太郎の顔を見上げている。

「すみません。記念カードを一枚もらえますか」

「あ――申し訳ございません。こちらをどうぞ」

声をかけてきたゲストに、すぐ気づくことができなかった。「こんにちは、素敵なお客さま」と、ちゃんと声掛けをすることができなかった。色々な意味で、失格の対応だ。

胸ポケットから出したカードを渡し、燐太郎はようやくいつもの笑みを浮かべる。女性は丁寧に頭を下げ、すぐにその場を去っていった。

「まずいな」

坂下がこの場面を見ていたら、どう思うだろうか。その姿を探して、燐太郎は周囲に視線を走らせる。坂下は清掃の手を止め、ゲストの対応にあたっていた。若い男性のひとり客らしい。男性ゲストは坂下の話を聞きながら、慣れない様子であたりを見回している。

足を踏み出し、燐太郎は二人のそばへと近寄っていった。近くにたどり着く前に、男性のゲストが坂下に頭を下げ、その場から離れてしまう。坂下も相手に向かって手を振っていた。燐太郎は立ち止まる。手を振り続ける坂下に向かって、声をかける。

「あの方、何かお困りだったんですか」

坂下が振り返り、こくりと頷く。ゲストが去っていった方を見やって、すぐに答えた。

「ちょっと変わったことを聞かれてね。あの方、二十周年のときに配ってた記念カードを私に見せて、これ使えますかっておっしゃるの。よくよく聞いてみたら、小さい頃に一回来ただけで、パークの中の仕組みがよくわかってないんだって。確か、これを持ってると汽車に乗れた気がするんです、って言うから、お持ちじゃなくてもどのアトラクションもご利用になれますよ、でもそれはベイリーがあなたを特別に招待したチケットですから、大切になさってくださいとはお伝えしたんだけど――十六年前の記念カードを大事に持っていらっしゃったみたいだから、なんだか気になっちゃって。カードをもらったときの状況とかいろいろ聞けばよかったんだけど、そこまで踏み込む前にお話を切り上げられちゃったわ。だめね、私も」

素早く首を巡らせ、燐太郎は男性が去っていった方角を見る。途切れることなく行きかうゲストの中に、それらしい姿は見当たらない。どのエリアへ向かって歩いて行ったかも、判別はできなかった。

十六年前の記念カード。偶然とは思えない。さっき出会った男性の幽霊の待ち人があのゲストであったとすると、二人は——親子だろうか。また会おう、と再会して、離れ離れになった親子。さまざまな事情が思い浮かぶ。奥歯を嚙みしめて、燐太郎は広場を行きかう人の流れを見つめる。

「二十周年の記念カード、ね。何か、引っかかるのよね。何だったかしら——だめね、思い出せない。最近、頭の回転が鈍くなって困るわ」

額を拳で叩いた坂下が悔しそうな声を出した。近くのスピーカーからは、パークの営業時刻を告げるアナウンスが響いている。ワールド・ワンダー・パークは、本日夜九時まで営業いたします。どうぞごゆっくり、素敵な時間をお楽しみください。

高らかな音が、晴れ渡る空に吸い込まれていく。今日は夜まで雨の予報はない。雲のない夜空には花火が打ち上げられることだろう。ワールド・サーカス・トレインも閉園まで運行するはずだ。この一日を最高の思い出にと願う、多くのゲストを乗せて。

＊

夕刻の「地下帝国」は、他のどの時間帯より混みあっている——開園から午後五時までのシフトに入っていたアテンダントの退勤と、ショーに出演するダンサーやグリーティング・アクターの休憩などが多く重なる時間帯。広い通路を制服姿や作業服姿の社員と準社員が行きかい、あちらこちらで賑やかな会話が聞こえてくる。今日は天気よかったですね。ショーもパレードもフルでできたの、久しぶりじゃないかな。アトラクションの停止もなかったんだろ。ストリートでのグリーティングも急遽増やしたみたいですし、ゲストは喜んでくれてましたよ。裏方の俺たちは忙しいけどな。いいじゃないですか、嬉しい悲鳴ってやつですよ——耳に届く言葉を聞くともなく聞きながら、燐太郎はロッカールームへと急いでいた。他のアテンダントやスタッフとすれ違う度に、軽く頭を下げる。廊下の角を何度も曲がり、サンライズ・コーストの真下から、北東にあるクリーピー・スクエアの真下へ。ロッカールーム近くの食堂前にさしかかったところで、牧地と鉢合わせをした。互いに手を挙げて挨拶をする。近寄ってきた牧地が、先に話しかけてくる。

「どうも。今日は早番か？」

「今上がるところです。牧地さん、今日も一日出っぱなしですか」

「おかげさまで時間あたりの滞留ゲスト数も増えてね、二日連続で一日働きっぱなしだよ。有給消化できないまま今年度終わりそ」

「十三番扉——あ、今は八八番扉でしたね。そっちのほうは、どうですか。昨日から運用が始まってるとは聞きましたが」

　牧地は腕を組み、こくりと頷いた。

「ああ、特にゲストへの告知もなく、普通に運用開始してるよ。パークに来慣れてるお前みたいなゲストは、ずっと使われてなかったドアが開くようになってびっくりしてるみたいだけどな。ファンのブログやＳＮＳにもその話題が取り上げられてて、ちょっと盛り上がってる。あれ、開かずの扉じゃなかったのか、非常用の出入り口じゃなかったのかってな——ほんと今どき、情報が伝わるのはあっという間だぜ」

「変なことは起きてないですか」

「起きてないね、今のところは。部屋に入ったゲストの数と、出てきたゲストの数が一致してないなんて話も聞かないし。数えてないけど」

　眉(まゆ)を上げた燐太郎に、牧地は冗談だよ、と肩をすくめてみせる。右の目尻(めじり)のほくろに、よどみのない話し方。彼は間違いなく「こちらの世界」の牧地らしい。

「おい、そんな疑いをこめた眼差(まなざ)しで俺を見るなよ。本物だって、本物。お前の言う通り、ドアのナンバリングを変えただけで大丈夫な感じになったじゃないか」

「ですね。僕も試験運用時には確認させてもらいましたし」

十三番扉のナンバリングを別なものに変えたことで、あの扉が異次元に繋がることはなくなったらしい。今のところ妙なことは起きていないが、比較的年配のゲストが「縁起がよさそう」と言って右の扉を使いたがる傾向があるという。そのうち、「あのドアをくぐると願いが叶う」「長生きできる」「志望校に合格する」などといった噂もささやかれるようになるのだろう。いずれにせよ、スペクター・ラビリンスの開かずの扉事件は、これで解決だ。燐太郎はほっと息を吐く。

「お役に立ててよかったです。また何かあったら呼んでくださいね。クリーピー・スクエアも、まだまだ拡張工事の真っ最中ってところですし」

「工事、工事、な。あ、聞いたか？　工事の途中で、マジもんの人骨が出たって話――」

通りかかったアテンダントが、燐太郎たちに訝し気な視線を投げる。牧地は口をつぐみ、軽く咳ばらいをした。顔を近づけ、さっきよりも小さな声で語りかけてくる。

「……人骨が出たって話だよ。どうも古いものらしいし、事件性がないってわかったらすぐに工事も再開するみたいだけどな」

工事現場から出てくる人骨。牧地が言っていた「都市伝説」の通りではないか。数週間前に聞いた作業員たちの会話を思い出しながら、燐太郎は答える。

「それでも、工事現場から死体が出た、っていうことに変わりはないですね。事件性がないなら、行旅死亡人として処理されると聞いたことがありますが」

「そうなるらしいな。今回が初めてじゃないみたいだぜ」

「でも工事に取り掛かる前に、そういうのって全部調べたりしないんでしょうか。地中に何が埋まってるかの調査をするものだと思っていましたが」

「調べてても、あとからあとから出てくるんだろ。つまりは、それだけ――」

牧地がはっと目を見開き、顔を離す。相手の視線の先を追って、燐太郎も振り返った。

少し離れた場所に、誉田が立っている。紺色のサマーニットのベストと、真っ白なシャツ。首からは新作のポップコーン・バケツが下がっている。燐太郎と牧地の顔を順に見て、誉田は二、三度まばたきをした。軽い口調で話しかけてくる。

「ごめん。またしても盗み聞きしてた。クリーピーの新エリアの工事現場で、人骨が出たっていう話は本当だよ。これが初めてじゃない。拡張工事のときには、毎回と言っていいほど出てるからね」

「マジすか」

牧地が答え、燐太郎の顔を確かめる。燐太郎はそんな牧地の目をしばらく見据え、誉田のほうに向きなおった。直属の上司は軽く口髭を撫でて、冷静な声で続ける。

「パークの施工前にはちゃんと調査もしたみたいなんだけど、掘り起こしてあげられなかったご遺体もまだまだあるみたいでさ。そのたびに供養はしてるけど、やっぱり、たき起こしてしまったっていう申し訳なさは残るよね。あ、牧地くんは安心していいよ。今回人骨が出たところ、クリーピー・スクエアの中でも『スペクター・ラビリンス』からは一番離れてる場所だから」

「そうですか。慰めになってない慰め、ありがとうございます」

皮肉っぽく返した牧地が、頭を下げる。燐太郎は何も言わなかった。軽く微笑む誉田の顔を見据えたままで、さらに口元を引き締める。牧地が話していたことは、単なる噂ではなかったのか。誉田からは何も聞いていない。今回の行旅死亡人として扱われるであろう人骨の件も、パークの土地に隠された秘密のことも、全部。

沈黙が落ちる。誉田もまた、何も言わずに燐太郎の顔を見つめている。牧地は二人の様子を見比べ、表情を引き締めた。深く頭を下げる。

「――すみません。まるで怖いことみたいに言う話題ではありませんでしたね。面白がって樋高に人骨のことを言ったのは、俺です」

「いやいや、いいんだよ。又聞きすると不気味な話に聞こえちゃうのも、仕方のないことだし。でも、牧地くんの言う通り、怖い話なんかじゃないんだ。工事を進めていたときに、土の中から古い人骨が出てきた。事件性はない。しっかりと供養はする。それだけのことなんだよ」

誉田は答え、二人に向かって頷いてみせる。まだ口をつぐんでいる燐太郎の目をしっかりと見たままで、続けた。

「君たちは過剰に心配しなくていい。土地を使わせてもらっている側として、僕たちも最大限の敬意は払うようにしているから。それに、うちには樋高君もいるしね。ちょっと変なことが起こっても、樋高君がすぐに気づいてくれる。対処も上手だ。ね、樋高君」

「はい──」

燐太郎は汗をかいた拳を、強く握りしめる。

「そのつもりです。でも、僕はこの土地にたくさんの人骨が埋まっていることも、実際にそれで工事が止まっていることも、今この瞬間まで知りませんでした」

誉田の表情は変わらない。ただ、すっと流れた視線だけが、燐太郎の傍らに立つ牧地に何かを語りかけている。

「……俺、席外したほうがいいですね」

誉田が微笑みを浮かべる。その視線を受けて、牧地が軽く頭を下げる。去り際に、牧地は燐太郎に声をかけていった。

「樋高。お前がちゃんと仕事やってること、みんな知ってるよ。鴛鴦さんも、俺も。ほかのみんなだって」

燐太郎の肩を軽く叩き、牧地が去っていく。しばらくその背を見送ってから、燐太郎は誉田へ向き直った。口を開いたときには、声が震えてしまっていた。

「僕は新人です。まだまだ下っ端の立場です。誉田さんが、僕に何でもかんでも伝えるわけにはいかないってことも、わかっています」

「君は下っ端なんかじゃない──いや、ごめん。続けて」

「けど、土地に関するそういう話は、なるべく教えてほしかったです。死体とか、人の骨だとか、そういう──悪いものに繋がりかねないことは。どうしてですか。パークの開発に関わることだから、教えてはくださらなかったんですか」

「そういうわけじゃない。開発に関することをすべて君たちに伝えることはできないけど、人骨が出たって話は、次の全体会議でも共有するべき話題だ」

誉田が少し、視線を伏せる。土地のこと。古い人骨のこと。初めから知っていれば、もっと警戒してパークの中で起きる現象に対処できたのに。このパークで起こる「不吉なこと」がその人骨に由来するのなら、もっと気を引き締めていかなければいけないのに。

「開発を進めることで、あっちこっちによくない影響が出ているかもしれない。そうなったら、運営側としては困ったことになるからですか。そのせいでおかしなことが起きているなら、僕はもっと力を尽くしてその対応にあたるべきなのに」

「樋高君」

「ゲストの安全に関わる問題です！」

気づけば、声を荒らげてしまっていた。はっと息を呑み、燐太郎は口をつぐむ。誉田が自分を見据えていた。驚いているような、悲しんでいるような、複雑な目つきだ。

「すみません――」

声が口を突いて出るが、それ以上は言葉が続かない。黙ってしまった燐太郎をしばらく見て、誉田は笑う。首から下げたポップコーン・バケツを両手で抱えなおし、静かな口調で言った。

「……君の言うとおりだね。ゲストに危険が及ぶようなことは、もっと君たちに伝えていくべきだったんだ。このパークの中で、誰かが悲しんで泣くなんてこと、あっちゃいけないのに」

ワールド・ワンダー・パークの中では、誰もが笑顔でいなければいけない。燐太郎はこの言葉を胸に、アテンダントとしての業務をこなし続けてきた。幸せな気持ちでやってくるゲストを、がっかりさせたり、失望させたりしてはいけない。まして彼らの安全が脅かされることなど、決してあってはならないのだ。そのことを大前提として、自分は、いや、パークの中で働くすべてのアテンダントは、懸命に自らの仕事と向き合ってきた。

「反省するよ、樋高君。僕も基本に立ち返らなきゃ」

少しだけさみしそうな笑顔を見せ、誉田は片手を上げる。そのまま踵(きびす)を返し、振り向かずに歩き去ってしまった。

燐太郎は拳を握りしめる。角を曲がった誉田の姿が見えなくなっても、しばらくその場に立ち尽くしていた。パークの中では、誰もが笑顔でいなければいけない。誰かが悲しんで泣くことなど、あってはいけない。自分自身が主張し続けてきた言葉を、呪いのように繰り返しながら。

＊

夕闇の迫るエントランスゲートに、優しい明かりが点る。

小さな子供連れや日帰りのゲストたちが、ぽつりぽつりと駅へ向かい始める時間だ。次第に混み始める人の流れをうまくかわしながら、燐太郎はエントランスゲートへと急いだ。従業員用の入園チケットを提示して、セキュリティチェックを受ける。ゲートをくぐり、初めに見えてくる「サンライズ・コースト」の街を抜け、センター・キャラバンへと歩いていく。ナイトパレードの開始時刻まで一時間、観覧車前の広場にはよく整理された待機列ができあがっていた。座って待つゲストたちから賑やかな会話が聞こえてくる。いい場所取れてよかったね、このパレード初めて見るんだ、ベイリー、こっちに手を振ってくれるかな――黄金色の観覧車と、虹色に輝く二階建ての回転木馬。夜のワールド・ワンダー・パークは美しい。帰りたくない、と泣く男の子が、フードワゴンの前で座り込んでしまった。風船を手にした両親らしいゲストが、懸命にその子供をなだめている。

声をかけようとして、燐太郎は踏みとどまった。今の自分はアテンダントではない。私服姿でパスを提示し、ゲートから入ってきた「ゲスト」のひとりだ。サーカスのチケットを渡してあげることもできないし、秘密の話をして楽しませてあげることもできない。制服を脱げばただの一般人、私服でいる間はアテンダントとしてふるまってはいけないことも承知している。

それでも、だ。泣き続ける男の子の声が、次第に大きくなっていく。説得する両親の声に、困惑が混ざり始めている。帰りたくない。また来ようよ。またっていつ？　ずっと居たい、ここに居たいよ、帰らないもん。

たまりかねて、足を踏み出した。アテンダントであることを伝えて、少し話をさせてもらおう。そう決意して声をかけようとした、そのときだった。

「こんばんは、素敵なお友達。どうしたのかな？」

泣き続ける男の子に語り掛ける、優しい声。坂下だ。磨かれたダストパンを片手に、子供の目線の高さまで身をかがめている。

「今日はたくさん遊んでくれたの？　あ、ベイリーのトレイラーに遊びに行って来たんだね。ベイリー、お友達が来てくれて嬉しかっただろうね」

男の子は「ベイリーのトレイラー・グリーティング」でもらえるポストカードを胸に握りしめていた。この位置からでは確認することができないが、おそらくはそれにベイリーのサインを書いてもらったのだろう。本物のベイリーに会い、抱きしめてもらって、写真を撮る。また会おうねと約束をする。小さな胸に、その瞬間はどれほど強く焼き付いたのだろうか。

「……ベイリー、またねってバイバイしたの」

細い声が答える。規則的にひきつるその肩を、坂下が優しく撫でている。

「うん、うん」

「でも僕はバイバイしたくなかったの。ベイリー、いっぱいお友達がくるから。僕のこと、忘れちゃうよねって思ったから」

顔を見合わせた両親が、困ったように笑みを浮かべた。口を開きかけた父親を優しく制止して、坂下も微笑む。胸のポケットからショックリー・ブラザーズ・サーカス団のチケットとペンを取り出し、男の子に向かって片目をつむってみせる。男の子は薄く口を開いていた。自分を正面から見据える坂下の話に、懸命に耳を傾けている。

「ベイリーは君のこと、ちゃんと特別なお友達だって思ってくれてるからね。その証拠に、ほら……」

ペンが走る。チケットの裏に見事なベイリーのイラストを描いて、坂下はまた笑顔を見せた。男の子の表情が変わる。涙で濡れた瞳が、ぱっと輝き始める。

「サーカスのチケット。そうた君を見つけたら渡しておいてねって、ベイリーに頼まれていたの」

不意に自分の名前を呼ばれて、男の子は驚いた表情を見せた。坂下は持ち物などに書かれた名前を確かめてそう呼んだのだろうが、男の子にとっては本当に「ベイリーが自分の名前を伝えてくれていた」と思えただろう。

坂下はペンをしまい、さりげない笑顔で相手の顔を見つめる。男の子は泣き止んでいた。ポストカードとサーカスのチケット――ベイリーの描かれた二枚の紙を胸に抱えて、囁くような声で言った。

「このこと、言っちゃいけない？」

「秘密にしておいたほうがいいかなあ。あ、パパとママには言ってもいいかも。僕、ベイリーに招待されてるんだよ、だからまた行こうねって。ベイリーはいつまでも待ってるから、テレビで見たときには手を振ってあげてね。そうた君がおうちにいても、ベイリーはわかってくれるはずだよ」

「うん。ベイリーはすごいからね」

子供に笑顔が戻る。見守る両親にも、柔らかな表情が浮かんでいた。

「おうち帰ったら、ベイリーの映画見るね」

「うん。そうしたら、すぐに会えるものね」

「バイバイ」

小さく手を振り、男の子はその場から歩き去っていく。坂下は身を起こし、優しく微笑んだままで手を振っていた。何度も頭を下げる両親と、弾むように歩く子供の姿が見えなくなってから、燐太郎へ視線を投げる。片目をつむり、眉を下げた表情になって言う。

「――見てた？　今の対応、七十点って感じだったでしょう」

「どこがです。五千兆点でも足りないくらいでしたよ」

燐太郎は答えた。ダストパンの柄から箒を取り外し、坂下が続ける。

「家に帰って映画を見る約束をしちゃったからね。映画を見終わるまで寝ないって泣かれたら、ご両親も困るわ」

帰っていくゲストを、ただマニュアル通りに送りさえすればいいというものではない。家に戻ったゲストが、どんな思いで眠りにつくかを考えて対応しなさい――悲しい記憶は、楽しい記憶よりも強烈に残ってしまうのだから、と。ゲストの思い出にまで責任を持つべきであるというこの信条を、燐太郎たち新入社員は繰り返し教え込まれてきた。

あの子供は今夜、ベイリーとの秘密の約束を胸に、幸せな眠りにつくのだろう。

「両親の都合なんかも考えるべきなんだけどね。でも、泣き止ませることを優先しちゃったなあ。子供のころの思い出って強力だから。泣きながらゲートをくぐったら、それが一生記憶に残っちゃう」

「そうですよね――本当に、そう思います」

まだ遊びたいよ、という言葉をぐっと飲みこんで、エントランスゲートをくぐった幼い頃の自分。振り返ったときに見た花火。繋いでいた父親の手。深く、大事なところにある記憶がまた蘇ってきて、燐太郎は唇を結ぶ。子供のころの記憶は、強烈なものだ。大人と交わした他愛もない約束だって、きっと覚えている。たとえそれが、十六年前に口約束で交わされたものにすぎないとしても。

「ところで、樋高君はパレード待ち？　今からだと大変よ。最近は二時間くらい前に広場の待機スペースが埋まっちゃうから、早上がりでも最前列を確保するのは難しくなってきたわね」

小さなごみを掃き集めながら、坂下が言う。燐太郎はすぐに答えた。

「いえ。ちょっと、人と待ち合わせをしていまして」

「あら、どこで合流するの？」

「それが、わからないんです。『センター』から、各エリアを回ってみようとは思いますが」

坂下は不思議そうに首を傾げ、空を仰いだ。薄く輝く星を見て、言葉を継ぐ。

「雨は心配なさそう。今からちょっとだけ冷え込むみたいだけど。待ち合わせをしてるお友達にもよろしくね」

「はい。ありがとうございます」

「パレードも見ていくなら、いい場所が取れるといいわね。今からだとサーカス・トレインに乗ったほうがちらっとでも見られるかもだけど――あら？」

「どうしたんですか」

顔をしかめ、拳で眉間を叩く坂下に向かって、燐太郎は声をかける。しばらく唸るような声を出したあと、坂下は一息に言った。

「ああ、もどかしい。昼にあの二十周年のチケットを見てから何かが引っかかって、何かを思い出しそうな気がするんだけど、出てこないのよ、もう。自分の頭に索引機能でもつけておきたいわ」

「そんな時は、ピーナッツの入ったバケツに頭をつっこむといいんだよ」

ベイリーがよく発する台詞(せりふ)を声ごと真似て、燐太郎は微笑んでみせる。

「家に帰ったらやってみるわ。料理に使ったバターピーナッツ、袋ごと余ってるのよね」

坂下は笑い、じゃあ、と手で合図をしてその場から去っていった。観覧車前の待機スペースはもう満員だ。パレード目当てにセンター・キャラバンエリアへとやってくるゲストたちを、案内担当のアテンダントがうまく誘導している。

黄金色の観覧車ごしに空を見上げ、燐太郎は唇を嚙(か)む。昼間に見たゲスト――坂下に声をかけていたあの若い男性の顔や服装を、懸命に思い出す。「プラネット66」の作業用ロボットがデザインされたTシャツに、黒いバックパック。靴はまだ真新しいトレッキングシューズだったはずだ。土曜の夜、パークにはおそらく三万人近いゲストが残っている。この中からたったひとりを見つけ出すことは、容易ではない。

歩きながら、燐太郎は考えを巡らせた。自分はなぜ、退勤後にこのパークへ戻ってきたのか？　あのゲスト、昼間に出会った幽霊の待ち人らしい若い男性を探すためだ。何のために？　彼を見つけ出して、ワールド・サーカス・トレインの乗り場へ行ってもらうため――あの幽霊との約束を果たしてもらうために。どうして？　自問が続く。わからない。あのベンチに座っていた男性は、放っておいてもいい類(たぐい)の幽霊だったではないか。燐太郎が何をしてもしなくても、彼は遠からずこのパークから出て行くだろう。だったら放っておけばいいじゃないか。いや、そういうわけにもいかない。相手が幽霊である以上は、ちゃんとパークから出て行くところを見届けなければ。それが自分の仕事だから。自らに何度も言い聞かせる。務めを果たせ。全ての幽霊にパークから出て行ってもらうという目的を、揺らがせてはいけないのだ。

とはいえ、と、燐太郎はさらに思案を続ける。あの二人を引き合わせるには、まず若い男性のゲストを探し出さなければいけない。十六年前の約束を果たすためにやってきて、もし約束した相手がそこにいなかったとしたら、自分ならばどうするだろう。失望してすぐに帰るのか？　せっかくなので、パレードやアトラクションを満喫してから帰ろうと思うのか――自分ならば間違いなくそうするが――閉園時刻までパークの中で待ってみようと思うのか。具体的な時間は決めていない、とあの男性の幽霊は言っていた。それならば、相手が姿を現すまで待とうと思う可能性だってある。とにかく、相手が閉園までパークの中に残ってくれていることを祈るのだ。

観覧車を背に東の方角へと歩き、ワールド・サーカス・トレインの駅前広場へと向かってみる。パレードの開始時刻が迫っているせいか、待機列はほとんど形成されていない。汽笛が聞こえる。乗り場に停まる真っ白な汽車に、ゲストたちが乗り込んでいくのがちらりと見えている。親子連れや学生の団体客がほとんどだ。セコイアの木の下のベンチにも、駅周辺のスペースにも、それらしい姿は見当たらない。

振り返り、燐太郎は再び歩き始める。ブルーストーンズ・バレーに行ってみるべきか。

エントランス近くのサンライズ・コーストを探すべきか。すれ違いにならないよう、ワールド・サーカス・トレインの乗り場付近で待機しておくべきなのか。どうする。自分だったら、どうするんだ。

ゲストの流れを邪魔しないよう、慎重に足を進める。センター・キャラバンからイソラ・デ・アマリージョ方面に抜ける「猛獣使いの通り」で混みあうゲストの流れに巻き込まれてしまい、動きが遅くなる。しまった、と心の中で頭を掻き、燐太郎はゆったりとした流れに乗ったまま、イソラ方面へと歩いて行った。混んでるね、ここ抜けたら大丈夫だよ、とささやきかわす声が聞こえてくる。すぐ背後を歩くゲストの会話が、はっきりと耳に飛び込んできた。

「めっちゃ人いるね。お母さん、この先って何があるの？」

「南米みたいな建物があるところだよ。小さい頃そこでレストランに入ったんだけど、覚えてないかな」

「覚えてないなあ。何食べたっけ」

おそらくは母と娘の二人連れなのだろう。久々に親子でパークを訪れたらしく、二人は曖昧な記憶をたどる会話で盛り上がっている。たしか猿みたいなキャラクターと写真を撮ってもらった。トイレに行ったお父さんが道に迷った——他愛もない会話を交わす声に、寂しさと懐かしさが混ざっている。燐太郎の位置からはその姿を確かめることができないが、娘は高校生くらいの年齢だろうか。受験などを控えての思い出作りなのか、誰かの記念日なのか。通りを抜け、人の流れがようやくスムーズになり始めたところで、娘らしきゲストがぽつりと言う。

「そういえばさ、前に家族で来た時にさ、おっきい木の形をした建物にあるアトラクションに乗らなかったっけ。小さいトロッコみたいなのに乗って、建物の中を走るやつ。あれ、この先のエリアにあったんじゃないかな」

「クロードおじさんの不思議な夢でしょ。乗ったねえ、昔」

「ねえ、並んでなかったら寄っていこう」

「今は運行してないみたいだよ。定期的なメンテナンスだってさ」

「ええ、残念。まあいいや。喉渇いたし、どこかで飲み物買ってから次行こうよ――」

固まっていた人の波が、あちらこちらに散っていく。通りの端で立ち止まり、燐太郎は歩き去っていく親子の姿をしばらく見守った。小さい頃に体験したアトラクション。大人になってパークを訪れたら、久々に乗ってみたいと思うだろう。クロードおじさんの不思議な夢は開業当初からあるアトラクションだ。小さい子供でも問題なく体験できる。初めて乗ったライドがクロードおじさんの不思議な夢だったというゲストも少なくない――。

自分もそうだった。大人になって初めてひとりでパークを訪れたときに、真っ先に乗りに行ったのが「クロードおじさん」だったのだ。人は、子供の頃の鮮烈な思い出をもう一度体験したいと思うものらしい。他のゲストも同じようなことを考えているとしたら。

　足を踏み出し、燐太郎はランタン型の照明に照らされた道を歩いていく。南米の孤島をテーマにしたイソラ・デ・アマリージョには、背の高い木が多い。本物の木の枝の間から覗く、人工の木の大きな葉っぱ。枝に括りつけられたランタンの明かりが、儚げに灯っている。太い木の幹に打ちつけられた看板は、少しだけ傾いているように見えた。

　ジャングルの中に自分だけの王国を作った「クロードおじさん」。ゲストは彼が用意した木彫りのトロッコに乗って、その王国の中を旅するのだ。アトラクション入口の扉は閉まっている。運行が止まっていることを知らずにやってきたゲストたちが、なあんだ、という顔をして去っていく。調整中だってさ。次行こう、次。燐太郎はしばらく、歩み寄っては去っていくゲストの流れを見つめ続けた。学生の四人グループ。老夫婦らしい二人連れ。仕事帰りに立ち寄ったらしい女性客。みんな、残念そうな表情で去っていく——二十組ほどのゲストを見送ったあたりで、その人物はやってきた。周囲の時の流れが、急に止まったように感じられた。

　プラネット66のTシャツに、真新しいトレッキングシューズ。アトラクションの建物を見上げる横顔は、少しだけ寂しそうに見えた。

　若い男性のゲストは建物を見上げ、その場に立ち尽くしている。丸く黒い目に、ランタンの光が映り込んでいた。

「——すみません」

燐太郎は声をかける。驚いた顔をして振り返り、男性はすぐに笑顔を見せた。通った鼻筋に、優しげな目元。似ている。燐太郎が昼間に出会った幽霊の面影が、確かに感じられる。

「あ、こんばんは。ええと……写真、ですかね？　撮りましょうか？」

撮影を頼まれたと思ったのだろう。手を差し出す男性に微笑みかけ、燐太郎は上着のポケットに入れていたカードを取り出した。

「すみません、写真じゃないんです。これを見ていただきたくて――」

二十周年記念のロゴが印刷された、ショックリー・ブラザーズ・サーカスへの特別招待チケット。終業後に自宅マンションまで走って、探し出してきたものだ。チケットと燐太郎の顔を見比べ、男性ははっとした表情を浮かべる。バックパックの外ポケットを探ったところをみると、自分が落としたものを燐太郎が拾ったと思ったのだろう。ポケットからチケットを抜き取り、男性は自分の持つものと燐太郎のチケットを見比べる。困惑した口調で語りかけてきた。

「あの、ええと。これって、だいぶ昔のやつ……ですよね」

「二十周年のものだから、十六年前のものですね。昼間、これをアテンダントさんに見せていらっしゃった方かな、と思って、お声がけしたんです」

男性は「えっ」と声を漏らした。困惑と期待が混ざったような口調で、続ける。

「どうしてそれを――いえ、どうしてあなたも、このチケットを持っていらっしゃるんですか」

「僕、このチケットをもらったときに、同じ年の男の子と約束をしたんです。十六年後、自分たちが二十五歳になる年に、またここで会おうねって」

できるだけ冷静に、燐太郎は話し始める。まっすぐな相手の視線を、正面から受けることはできなかった。

「パークの中で偶然出会って、一日遊んだだけの男の子なんですけどね。場所も時間も決めてない、子供同士の他愛もない約束事なんですけど……その約束の日っていうのが、今日なんですよ。相手がそんな約束を覚えているかどうかもわからないですし、まず会うことなんてできないだろうと思っていました。でも、あなたが昼間にこのチケットをアテンダントに見せていることに気づいて――仕事終わりにまたパークへ戻ってきたんです。覚えていらっしゃらないですか。僕、樋高燐太郎です。今はここでアテンダントとして働いています」

頬が熱くなってくる。速くなる鼓動を呼吸で鎮め、燐太郎は拳を握りしめた。アテンダントとして「物語」を話すことに慣れてはいても、人に対して嘘をつくことにはやはり抵抗がある。相手の話を引き出すための方便とは思っていたが、これでよかったのだろうか。男性は口を薄く開けたままで燐太郎の顔を見ている。何かをこらえるようにして視線を落としてから、ようやく言葉を返してきた。

「そうだったんですか。だとしたら、残念だけど――あなたが捜してる人は、僕じゃないみたいです。僕が待ち合わせをしている人は、もっと年上の男の人のはずだから」

「あなたも、誰かを捜しているんですか？」

男性は顔を上げ、不器用に笑みを浮かべた。手に持ったチケットをバックパックにしまい、言葉を続ける。

「……すごい偶然ですね。僕も、似たような約束をしているんですよ。父親と」

父親。燐太郎がワールド・サーカス・トレインの駅前広場で出会った幽霊の待ち人は、やはりこの若い男性であったようだ。

「この二十周年のチケットをもらったとき、僕は七歳だったんですけど、父親と約束をしましてね。十六年経って、僕が社会人として独立したら、また会おうって。そのときにはこのチケットを目印にして、もう一度いっしょにあの汽車に乗ろうねって誓ったことを、僕はずっと覚えてたんです。十六年後の『今日』ってだけで、具体的な時間も何も決めてないんですけど。もしかしたら父親もちゃんと覚えていてくれるかもしれない、来てくれているかもしれないって、昼間に汽車の乗り場あたりまで行ってみたんです。ずっと来てなかったから、記憶があやふやになっちゃってて。このチケットを見せなくても、汽車には乗れたんですね。父親は――来てなかったみたいですが」

「その、お父様とは……」

男性は静かに微笑みを浮かべて、答えた。

「そのころに両親が離婚しましてね。十六年前にこのワールド・ワンダー・パークに連れてきてもらって以来、一度も会っていません」

　父親がもはやこの世の人でないことすら、彼は知らされていないのだ。父親は息子との約束を覚えていたというのに。十六年間、片時もその約束を忘れることなく、息子に会いに来ていたというのに。

　ナイトパレードの開始を告げるアナウンスが流れ、煌(きら)びやかな音楽が始まる。あたりは閑散としていた。みんな稼働しているアトラクションのあるエリアや、パレードが見える場所まで移動してしまったのだろう。ランタンの光が揺れている。木の枝に隠れたスピーカーを見上げ、男性がぽつりと言った。

「これって——夜のパレードですよね。十六年前にも、やってましたっけ」

「『ファンタスティック・ナイトパーティ』ですか。二十周年のときには、リニューアル前のものが行われていたはずです。今は照明設備が全部LEDに代わっていますが、当時はいわゆる麦球が主流だったので光り方も違っていまして——」

「思い出した。たしか汽車に乗って、あのパレードを見た気がする……」

　遠くへ投げかけられる視線と、何かに気づいたかのような表情。燐太郎も息を呑(の)む。男性とその父親は十六年後の「今日」、この場所で会う約束をしただけで、具体的な時間を決めてはいないのだと言っていた。しかし、今から始まろうとしている時間帯が、二人にとって意味があるものだったとしたら。ナイトパレードの開始時刻は十六年前から変わっていない。パレードの所要時間は四十五分ほどだ。今からワールド・サーカス・トレインの乗り場へ向かえば、十分間に合う。

「お客さま」

アテンダントの口調に戻って呼びかけ、燐太郎は男性に頷いてみせる。相手は少し困惑した表情をしていた。バックパックのベルトを握りしめ、口を結んだままで燐太郎の顔を見つめている。

「差し出がましいことを言うようですが、お父様と待ち合わせていらっしゃるなら、今ルド・サーカス・トレインの乗り場へ行かれた方がよろしいかもしれません。汽車からパレードが見えたということは、お客さまとお父様は十六年前の同じ時間帯にワールド・サーカス・トレインに乗っていらっしゃったはずですから。待ち合わせをするべき時間があるとすれば、今なのではないでしょうか」

「あ――」

腕時計で時刻を確かめ、男性は音楽の聞こえてくるほうを見やり、わずかに口元を歪めた。迷いをかみ殺しているかのような表情。扉が閉ざされた「クロードおじさんの不思議な夢」の建物を振り返って、男性は悲しそうに笑った。

「いや、もう……帰ろうと思っていたんです。小さい頃に乗せてもらったこのアトラクションに寄ってからと思ったんですけど、閉まってるみたいですし。昼間に乗り場へも行ってはみましたから――今日はもう帰ります。親切に声をかけてくれたのに、申し訳ないんですけど」

「行ってください」

燐太郎の言葉に男性はびくりと身をすくめ、目を泳がせた。バックパックのベルトを、さらに強く握りしめている。

「でも」

小さな声。怯えたような表情。約束してね、きっと来てねと願ったあの日の少年は、今の彼と同じ目をしていたのではないだろうか。

「来ていないかもしれませんし。いや、きっと、来ていないと――」

「いらっしゃっています。私が、約束します」

燐太郎は言い切る。賑やかなパレードの音楽にかき消されないよう、はっきりと、通る声で。

男性は眉間にしわを寄せ、震える声で語りかけてきた。

「本当に、来ていると思いますか」

「はい」

「向こうは僕のこと、ちゃんとわかってくれるでしょうか」

「私がお引き合わせします。責任をもって」

引き結んだ唇を、男性は強く嚙む。足を踏み出し、しっかりとした歩調でその場を離れ始めた。しばらく歩いて振り返る。少しだけ和らいだ表情で、燐太郎に語りかけてくる。

「樋高さん、でしたね。もしかしたらあなたは、父に頼まれて僕を捜しに——いえ」

男性は言葉を切った。何かを言い聞かせるようにして首を振り、再び歩き始める。

「ありがとうございました。とにかく、汽車の乗り場のほうに行ってみます」

去っていく背中。その姿が迷いなくセンター・キャラバン方面に向かっていることを確かめてから、燐太郎は足早に歩き始めた。イソラ・デ・アマリージョエリアは、エントランスに最も近いサンライズ・コーストに隣接している。センター・キャラバンを経由するよりも、そっちのルートを通ったほうが早い。パレードの音楽が流れ続けている。ゲストに呼びかけるベイリーの声が、高く弾んでいる。急がなければ。走らない程度に歩みを速め、淡い光に満たされた通りを抜ける。建物の並ぶサンライズ・コーストエリアへ入り、まっすぐにエントランス方面へ。そこに捜すべき相手がいるかどうか、確証はない。そこに姿がなければ、パーク中を駆け回ってでも見つけ出すつもりだった。パレードが終わる前に。駅前広場で父親を待つ彼が、失望してパークを後にしてしまう前に。

エントランスへ向かうゲストに、アテンダントたちが手を振っている。風船を手にしたゲスト。お土産の袋を抱えたゲスト。眠ってしまった子供を抱えるゲスト。通りの先に見える観覧車を背に、写真を撮るゲスト。人の波を縫う。ときおり立ち止まって、周囲を見回す。どうか、頼む——ベイリー。僕に彼を見つけさせてくれ。パークの中で祈る者には必ず応えてくれるという、「ベイリーの奇跡」が本当にあるのなら。心の中で祈りながら、燐太郎は流れていくゲストの中にその姿を捜し続けた。数十、数百、数千の、人々の顔。みんな笑顔でエントランスに向かっていく。その中に、うつむき加減に歩く男性の姿がある。厚手のコートに、首に巻かれたマフラー。男性は顔を上げることなく、まっすぐにゲート方面へと向かっているように見えた。真冬の装いをしたその男性を見るゲストはいない。

燐太郎は駆け出していた。パーク内を走るな、という基本中の基本の決まりすら忘れて、その背を追いかけていた。お客さま、と仲間であるアテンダントに声をかけられても振り切ってしまう。退場専用ゲートの目の前に来たところで、ようやく相手に追いつくことができた。手を伸ばす。コートを着た肩に手をかけようとしたところで、男性の幽霊が振り返る。

「待ってください！」

男性の幽霊は足を止め、声をかけてきた燐太郎をじっと見つめていた。「何もない」場所へ声をかけた燐太郎に、ゲートへ向かうゲストたちが怪訝そうな顔を見せる。

男性はゲートから離れるようにして少しだけ歩き、燐太郎に目線で合図を送った。燐太郎もそのあとを追う。ゲストの流れからは外れた位置で男性と向き合い、その顔を見つめる。男性は笑っていた。見ている燐太郎の胸が痛みを覚えるほど、寂しそうな目をしていた。

「昼間に会ったスタッフさんですね。お恥ずかしい。結局、この時間まで園内をうろついていましてね。ようやく帰ろうと決心したところだったんですよ。この先、どこに行くかは決めていないんですが」

「行かないでください」

燐太郎は引き止める。相手に迷いを生じさせないよう、はっきりと、揺らぎのない口調で。

「息子さんは、約束通りにここへいらっしゃっています。あなたを待っています。行ってあげてください。たとえ息子さんにあなたの姿が見えなくても、僕が伝えますから。信じてもらえるように、ちゃんと伝えますから」

「息子……？」

男性は少し困惑した表情を見せて、視線を伏せた。やがて何かに気づいたように顔を上げ、また笑みを浮かべる。

「そうでしたか、彼はちゃんと待ち合わせ場所に行きましたか。だったら、それでいいんです。彼が約束を守った、私にとっては、それが一番大事なことでしたから」

「あなたが行ってあげなければ、約束を果たしたことにはなりません」

燐太郎は言う。男性の顔から笑みが消え、その表情が不安に染まる。パレードの音楽は、中盤に差し掛かっていた。時間がない。父親と、彼らを引き合わせるはずの燐太郎が汽車の乗り場に来なければ、彼はどんな気持ちでパークをあとにするのだろう。

差し伸べられた燐太郎の手から逃れるように、男性は半歩身を引いた。不安と、恐れ。

長く会っていない家族に対面する気持ちがどんなものであるのか、燐太郎には想像もつかない。まして自分はもはやこの世の人間ではなく、息子が今の自分の存在を信じてくれるかどうかも怪しい、ときたら。男性の幽霊は視線を泳がせている。結んだ唇が震えている。

「それでも、怖いんです」

男性の口から、かすれた声が漏れる。目尻がわずかに光っていた。

「相手はどんな顔をするのだろう、自分を受け入れてくれるのだろうか、と考えると、ものすごく怖いんです。ならばこのまま何も見ずに行ってしまう方が、楽なのかとさえ思ってしまう。だめな人間でしょう、私は。約束を果たしたくて――ここまでやって来たというのに――」

「わかります」

燐太郎は答えた。渦巻く思いを嚙みしめながら、相手に強い視線を投げかけた。

「だからこそ、行ってあげてください。僕は――息子さんが泣きながらパークを出るところも、あなたが泣きながらパークを出るところも、見たくはありません」

男性ははっとした表情を浮かべ、目尻を拭う。自分の掌を見つめ、それから燐太郎へと視線を戻した。泣き顔で笑う。

「幽霊でも、涙って流せるものなんですね」

燐太郎は頷いた。顔を上げた相手を促し、踵を返す。誘導するように歩き始める。パレードの音楽は終盤に差し掛かっていた。間に合うか。間に合わせるのだ。ゲストを笑顔で送り出せずして、何がアテンダントだ。何が「奇跡のつくり手」だ。足早にサンライズ・コーストを抜ける。センター・キャラバンに入り、まっすぐにワールド・サーカス・トレインの乗り場へと向かう。男性の幽霊は迷いのない足取りで、燐太郎のあとを追ってきた。セコイアの木が見えてくる。その下に立つ人物を見て、男性の足が止まる。

「あれは……」

バックパックのベルトを握りしめて、空を見上げている青年。その姿を見た男性の目に、大粒の涙が浮かぶ。青年は落ち着かない様子で、トレッキングシューズを履いた足を動かしていた。数メートル離れて立つ燐太郎たちには、気づく様子がない。

「そうか。あいつ、ちゃんとここへ戻って来たのか――。スタッフさん、あなたが連れてきてくれたんですね。帰ろうとするあいつを、ここに戻るよう説得してくれたんでしょう」

「……行きましょう。初めは、僕が声をかけてみます」

男性はただ微笑み返すだけだった。相手を目線で促し、燐太郎は青年に向かって歩き始める。一歩、二歩と、距離が縮まる。青年が振り返った。その目が大きく見開かれる。驚いた表情が、崩れるような笑顔に変わる。青年がこちらに向かって足を踏み出した。手に、約束の証(あかし)のチケットが握られていた。

「嘘だろ。まさか、本当に――」

言葉を漏らし、青年は燐太郎たちに向かって駆けだした。違和感と同時に湧き上がるような期待を覚え、燐太郎は背後に立つ男性の幽霊に視線を投げる。青年にはこの父親の姿が見えているのか？　奇跡なのか、親子の不思議な縁とでもいうべきものなのか。何だっていい。二人がはっきりとお互いの存在を確かめ、視線を交わせるのなら。約束が果たせるのなら。足りない言葉は燐太郎が補う。十六年越しの再会を、決して寂しいものにはしたくない――。

「父さん⁉」

走り出した青年が、両手を広げる。まっすぐに燐太郎たちのもとへと近寄り、まぶしそうに目を細め、そして。

「えっ、嘘だ。父さん――父さん、だよね。僕、春輝(はるき)です。嘘だ、嘘みたい。本当に来てくれるなんて。会えると思ってなかった。だって、約束、覚えてるだなんて思ってなかったから――」

燐太郎は息を呑んだ。何が起こったかもわからず、しばらくはその場に立ち尽くしていた。背後から聞こえてくる会話。男性の幽霊は、燐太郎のすぐ隣で微笑みを浮かべている。青年が駆け寄った相手は、まさか。

「覚えてたよ」

優しい声に、柔らかな香水の香り。燐太郎は振り返る。青年と手を取り合う初老の男性を見て、積もった違和感が一気に溶けて流れ出す。初老の男性は、今自分の目の前にいる幽霊の男性とは、ほとんど似ていない。幽霊の男性は――バックパックを背負う青年に、似ている。そっくりと言っても足りないくらいにそっくりなほど、似すぎている。

――なんで約束を守れなかったんだろうって、死ぬ直前に後悔しましてね。あいつ、ちゃんとここへ戻って来たのか。怖いんです。このまま何も見ずに行ってしまう方が、楽なのかとさえ思って。

「ちゃんと指折り数えて、この日を待ってた……大きくなったんだな」

初老の男性が涙をぬぐう。その手にはチケットが握られていた。青年の持つ二十周年記念のものと、同じチケットが。

「あの日、私はとうとう父に会うことができなかったんです」

男性の幽霊の口から語られる、静かな言葉。不器用に笑いあう青年と初老の男性の姿を見守りながら、燐太郎はその声に耳を傾けていた。パレードの音楽が、華やかな余韻を引いて終わる。汽笛が鳴り響く。

「ちゃんと約束の場所に行ったのに、汽車の乗り場まで来ていたのに、夜を待たずに帰ってしまったんだ。父には会えなかった。次に連絡を取ろうとしたときには、もう遅かった――いざ自分がこの世とお別れするってときに、後悔したんですよ。どうしてあの日、父が来るまで待っていることができなかったんだろう。どうして途中で帰ってしまったんだろう。父が来ても、来なくても、最後まで待っていれば納得したかもしれないのにって。でも、そうか。父は、ちゃんと来てくれていた。来てくれていたんですね」

青年と初老の紳士は同時にワールド・サーカス・トレインの駅舎を見上げ、また笑いあう。「パレード、終わってしまったな」「あのときは、汽車からちょっとだけパレードを見たんだっけ」「そうそう、写真を撮ろうとしたけど、カメラのバッテリーが切れていてなあ」「どうしようか」「せっかくだし、乗って帰るか。その間に、いろいろと話もしたいしな――」言葉を切った初老の紳士が振り返り、自分たちを見つめる燐太郎に不思議そうな顔を見せた。青年は燐太郎に向かって深く頭を下げ、丁寧な口調で言う。

「ありがとうございました、樋高さん。あなたが戻るように言ってくれなかったら、僕、あのまま帰ってしまうところでしたから」

そして父親を促し、汽車の乗り場へ向かって歩き始める。初老の紳士も頭を下げ、息子のあとを追っていった。手にしたチケットを目の前にかざし、感慨深げに言う。

「しかし、お互いちゃんと持っていたとはなあ。覚えてるか？　再会したときに目印になるようにって、スタッフの人が絵を描いてくれたんだ。お前のにはベイリー、父さんのにはホリーを描いてくれてな、これですぐにわかりますねって。大好きなベイリーを描いてもらって、お前はずいぶんと喜んでたっけな。その絵もちゃんと残ってるよ、ほら」

「僕のチケットにも残ってる。そうそう、すごく嬉しかったんだ。名前まで書いてもらってさ」

燐太郎は首を巡らせる。男性の幽霊が、約束のチケットを両手に握りしめたまま、穏やかな微笑みを浮かべている。チケットの裏側には象のベイリーのイラストが描かれていた。はるきくんへ。またいつか会いましょう、と。インクがわずかに退色しているものの、絵の中のベイリーは今にも動き出しそうに、生き生きとして見えた。

「思い出した——」

不意に聞こえてくる声。燐太郎は振り返った。ダストパンを腰の位置に提げた坂下が、乗り場へと向かう親子の背中を見送っていた。

「……樋高君、私、思い出したの。ずっとずっと前、小さい男の子とお父さんにサーカスのチケットを渡して、ベイリーとホリーのイラストを描いてあげたこと。十六年後にまたここで待ち合わせをしても、すぐお互いのことがわかるようにって。そのときは、途方もない約束だと思ってた。でも、そうか——今日がその『十六年後の今日』だったんだね——」

青年と初老の紳士の姿が、駅舎の向こうに消えていく。坂下は燐太郎の顔を見上げ、また笑顔を見せた。燐太郎も頬をゆるめる。乗り場に停まる真っ白な汽車を眺めながら、言葉を継ぐ。

「あるものなんですね、こういう再会って。『ベイリーの奇跡』ってやつでしょうか」

「私がちゃんと思い出せたのも奇跡かもね。ピーナッツのバケツに頭つっこまずにすんだわ」

「ははは……」

汽笛が高らかに響くと同時に、白い汽車が滑るように動き始めた。ワールド・サーカス・トレインの線路は、周囲より少しだけ高い位置に敷かれている。走り出す汽車に向かって、燐太郎は手を振った。坂下も両手を振る。ひとつのコンパートメントに向き合って座り、笑いあっている親子は、何を話しているのだろうか。

「そう言えば樋高君、待ち合わせをしている人には会えたの？」

「はい――」

燐太郎は背後を振り返る。コート姿の男性の幽霊が、笑顔で片手を振っていた。裏に「はるきくんへ」とメッセージが書かれたチケットを、胸の前で握りしめて。

「――ありがとう、若いスタッフさん。あの世へ行く前に、ここへ戻ってきてよかった。あなたに声をかけてもらえて、本当によかった」

去っていくその背中が、ゲストの波にのまれてしまう。呆然（ぼうぜん）とする燐太郎の顔を、坂下が不思議そうに見上げていた。頬を上げて笑い、燐太郎は汽車のいなくなった乗り場へ視線を投げる。黄色い明かりに照らし出される駅舎が、少しだけにじんで見えた。

「会えましたよ。ちゃんと」

風がセコイアの枝を揺らす。パークの中を巡回する汽車からは、美しい景色が見えていることだろう。

「さむっ」

ゲスト用の駐輪場から「愛車」を押し出しながら、燐太郎は大きく身震いをする。日中と夜の寒暖差がかなりあるとは聞いていたが、ここまで激しいとは。もう少し厚い上着を着てくるべきだったかな、などと思いながら、広い駐車場を横切っていく。

敷地から外へと出て、パークの裏沿いを通る道路へ。クリーピー・スクエアの工事現場に停められた重機が見える。最低限の照明だけが灯されているようだが、工事は再開したのだろうか。

吹き付けてくる風が、頬を鋭く刺す。薄手の上着の前をかきあわせようとしたところで、ポケットに放り込んでいたスマートフォンが震えた。ファクトリー・ザ・パニックの件でお世話になったメンテナンス部の社員、鴛鴦からのメッセージだ。何か変わったことがあったら連絡を、とは伝えていたのだが、どうしたのだろう。

自転車を停めてアプリを開き、燐太郎は内容を確かめる。「変なこと聞くんだけど」という短いメッセージに続いて、「あのあと、『パニック』のまわりで幽霊って見た？」という文言。「いいえ。何かあったんですか？」とすぐに返し、燐太郎は相手の反応を待つ。「勘違いかもしれない」という答え。少し間が空く。画面の向こうの相手が、ためらっているのが感じられる。

「どうしたんですか」。燐太郎がそう送ってから、三分ほどの間があった。すぐそばの歩行者信号が二度ほど変わったころに、鴛鴦からの返答が入る。「私、山本さんが隠そうとしてた幽霊を見たかもしれない」と。

燐太郎は身を乗り出す。返信を打つ前に、相手からメッセージの続きが送られてきた。「一本足の、男の子の幽霊だった。でも、忘れて。なんだか、言っちゃいけないことみたいな気がしてきたから」。

スマートフォンを握りしめたまま、燐太郎は振り返った。回転を止めた黄金色の観覧車の輪郭が、夜の空に溶け込んでいくかのように見えた。

かくれんぼしよう、ベイリー

みんな、何を探してこの場所に来るのだろう。

みんな、誰に会いたくてこの場所に来るのだろう。

「ワールド・ワンダー・パーク」を訪れるゲストのうち九割は、二回以上パークを訪れたことのあるリピーターだ。そのうち年に三回以上パークを訪れるヘビーユーザーはおよそ四割。ヘビーユーザーとライト層、初めて訪れるゲストのいずれの間でも、もっとも期待されているコンテンツが「グリーティング」であったのだという。

グリーティングはキャラクターと直接触れ合えるサービスだ。スクリーンの中から飛び出してきたキャラクターに出会える。一緒に写真を撮り、またねと手を振り合うことができる。記念日を祝ってもらい、抱きしめてもらうことだってできる。グリーティングはキャラクターと人間の交流ではない、人間と人間の交流なのだと思え——とは「アテンダント心得百箇条」にも書いてあるモットーだが、これはテーマパーク産業の一番大事なところを突いているよな、と、燐太郎は常に考えていた。

自分たちは「モノ」を扱っているのではない、「心」を扱っているのだ。きれいごとではなく、本当に。だからこそゲストへの声掛けは積極的に行わなければいけないし、どんなゲストにも『自分』だけを見てくれた」という特別な思い出を作ってもらわなければいけない。グリーティングはそんな人対人の極み、究極のコミュニケーションツールであると言えるだろう。だからこそ、ゲストにはもっと気軽にキャラクターと触れ合ってほしい。握手をして抱き合って、かけがえのない一瞬を思い出に残して帰ってほしい——。

「ベイリーのトレイラー・グリーティング、八百分待ちだそうです」

「ははははは」

「センター・キャラバン」エリアの女性アテンダント、濱井玲於奈の言葉を聞いて、燐太郎は笑いにならない笑い声を漏らした。

期間限定イベントの初週、金曜日、快晴。おそらくは今期でも一、二を争うほどの混雑になるだろうとは予測していたが、もはやギャグみたいな待ち時間ではないか。ここセンター・キャラバンのカルーセル前も、四方、いや五方のエリアから集まってくるゲストでかなり混雑している。

笑顔で手を振って挨拶をし、トイレの場所を案内し、ショーの座席を確実に取る裏技はないのかという質問に悲しい顔で答え、また笑顔で手を振り続ける。ゲストの流れが少し落ち着くタイミングを見てから、燐太郎は再び口を開いた。

「——まさかそのスタンバイの時間、実際に表示されたわけじゃないよね。今日の固定グリーティングは全部抽選にしたはずだし」

「アプリでの抽選に参加したゲストと、知らずにスタンバイに来たゲストの数を考えると、それくらいの時間になるらしいですよ。やばいですよね。九時のオープンから並んでも閉園時間を越えちゃう計算になりますし」

濱井は入社二年目のレセプション・アテンダントだ。現在は各エリアを転々としている企画開発部の燐太郎も、アテンダントの肩書としてはこのレセプションを名乗っている。パークの「真の玄関」としてゲストを迎え、周辺施設や交通事情にも精通し、ゲストのあらゆる要望や疑問に答える。ホテルのコンシェルジュに近い役職と言っていいかもしれない。

「でも、ゲストにとっては笑い事じゃないんですよね、ほんとに。これだけの混雑だと、アトラクションの体験も一つか二つできればいいほう、ショーやパレードも一部の人しか見られないですし。常連ゲストは事前にいろいろ調べて、目的を絞ってっていう計画が立てられますけど、初見だと本当に何もできないってことにもなりかねないです」

ゲストに笑顔を向けたまま、濱井が器用に言葉を続ける。燐太郎も小声で返した。

「一週間前に始まった『ベイリーのハイド・アンド・シーク』のイベントが、うまく楽しんでもらえてるといいんだけど」

パークの中の滞留人数が増えるほど、ゲスト一人あたりのショーやアトラクションの体験時間は減ってしまう。ならばパーク内を歩くだけでも楽しめるようにしよう——というコンセプトで始まったイベントが、ベイリーのハイド・アンド・シークだ。

象のベイリーの生誕八十周年を記念して、パーク内のあらゆる場所にベイリーを「かくれんぼ」させる。普段はなかなか足を踏み入れないような場所に、ちょっとした撮影スポットを作る。パークに隠されたベイリーの数は、壁や窓のデコレーションなども含めて百体以上。五つのエリアにはそれぞれ一か所ずつ、ベイリーの像と写真が撮れるフォトスポットも設けられていた。ちなみに、各エリアのアテンダントの報告によると、こちらも現在「笑っちゃうほどの」行列ができているらしい。

「本来は五つのフォトスポットを全部制覇したら、その写真をSNSにタグ付きで投稿して、プレゼントが当たる抽選に参加する——っていう企画にするはずだったんだよ。でも、すごい行列になるのはわかってたから、数日通わないと全部のフォトスポットを制覇するのは無理だろうってことで、プレゼント企画はやめになっちゃってさ。別の方法でプレゼントキャンペーンをできないかって、企画開発のほうでは考えてるんだけどね」

トイレの場所を十回ほど答え、通常デザインのサーカス・チケットを二十枚ほど配り、写真撮影に五回ほど応じたあと、燐太郎は再び言葉を継いだ。アテンダント同士、ゲストの流れが途切れたタイミングでぶつ切りの会話をするのには慣れている。

「そうだったんですね。じゃあ、五つのフォトスポットを制覇したら、何かいいことってあるんでしょうか。今の企画だと」

濱井が答える。視線をゲストのほうに向けたままで、燐太郎も続けた。

「制覇したなあっていう満足感が得られる、とかかな——」

「精神的なものだけなんですね。何か物理的なごほうびがあるものだと思ってましたよ！」

濱井の言葉に心の中で唸り、燐太郎は笑顔のままで唇を噛んだ。パークに毎日通って、足を棒にして歩き回って、何時間も並んで、「やった！　期間限定のフォトスポットを制覇したぞ！」と喜ぶのは、燐太郎のようなマニアだけだ。混雑は体験価値を下げる。本当は一人一人のゲストと、もっと時間をかけて向き合わなければいけないのに。燐太郎たち社員は、いつも「追うべき理想」と「実益」のはざまで揺れ動いている。

「パークの中にいるだけで幸せ、歩くだけで楽しいって感じてもらいたいんだけどね……」

燐太郎は途切れなく行きかう人々の姿を見つめる。中には疲れた顔をして、うつむいたままで歩くゲストの姿もあった。

「『ベイリーのハイド・アンド・シーク』はね、もともと『パークを隅々まで見て回ってほしい』っていうコンセプトでスタートした企画だったんだよ。パークに来ても、一部のエリアには行かずに帰る人が増えてるってデータがあるみたいだから」

「ああ、最近はそういう傾向もあるっぽいですね。私もプライベートで来るときは写真とフード目当てで、ナッツビルやバレーには行かないこともありますし」

「あるよね、そういうこと。僕も学生のとき、近くのビジネスホテルに連泊して一日ひとつのエリア縛りでパークに通ったことがあるしなあ。六泊七日くらいの日程だったけど、すごく楽しかった」

「いや、樋高さんのそれはあるあるじゃないですから。一回くらいやってみたいですけどね、そういう余裕のある回り方」

　笑顔のままで返されて、燐太郎は小さく咳ばらいをした。意図的であれ、混雑で仕方なくであれ、パーク内のすべてのエリアを踏破しないゲストが増えていることは事実だ。敷地が拡張されれば、その割合はさらに増えていくかもしれない。

　写真を撮ることを目的として、フォトスポットだけに目を向ける。アトラクションよりも、ライブ感の強いショーやパレードの鑑賞を優先する。時代と共にゲストの要望は目まぐるしく変化してきた。ワールド・ワンダー・パークはもはや「乗り物に乗る」だけの場所でも、「景色をのんびり楽しむ」だけの場所でもないのだ。ゲストはみんな、効率がよく、無駄のない一日を過ごすことを望んでいる。

「……この『ハイド・アンド・シーク』ってさ、昔やってたイベントが元になってるらしいんだ。開業当初から二、三年しかやってないイベントだったから、覚えてる人も少ないみたいだけど」

「え、そんなマニア向けの情報があったんですか。詳しく聞かせてくださいよ――」

　濱井の言葉に重なるようにして、インカムのイヤフォンから燐太郎を呼ぶ声が聞こえてくる。濱井に目で合図を送り、ゲストの流れから少し離れた場所まで移動してから、燐太郎は「はい」とマイクに囁いた。すぐに声が返ってくる。

「樋高さん、五十三番、小西です。今よろしいですか」

五十三番、「ブルーストーンズ・バレー」からの通信。しかも呼びかけてきたのは「ファクトリー・ザ・パニック」のトラブルを初めに知らせてくれたアテンダント、小西だ。身を引き締めて、燐太郎は返す。

「大丈夫です。まさかまた、『パニック』でのトラブルですか」

「いえ、アトラクションそのものに異常はないのですが——『パニック』の建物近くでホリーのぬいぐるみを盗まれた、とおっしゃるゲストがいらっしゃいまして。ハイド・アンド・シークのフォトスポットで写真を撮ろうとしたところ、ちょっと目を離した隙にぬいぐるみを持っていかれてしまったと。今、手すきのアテンダントを集めて捜しています。あの……こんなこと、私が判断するべきことではないかもしれないのですが」

弱々しい声。いつもは歯切れのいい口調でゲストを案内する、アトラクション・アテンダントの小西らしくない態度だ。さらに声を低くして、燐太郎は答えた。

「わかります。『幽霊』がらみの事件かもしれないんですね」

イヤフォンから吐息が聞こえてくる。間をおいて、小西は答えた。

「一度、こちらにお越しいただけると嬉しいです。コントロールルームに詰めていた鴛班長も、表に出てきてくださっているので」

「了解。二秒で行きます」

通信を終え、燐太郎は濱井に視線を投げる。事情を察したらしい濱井が、ゲストには見えない位置で親指を立てた。

「任せてください。二倍、三倍のパワーで対応してみせるんで。『ベイリーだったらこんなこと、平気でやってのけるさ』ですよ」

「お願いします——ところで、さっきの『昔のイベントの話』だけどさ」

現場での対応に、どれくらいの時間がかかるかはわからない。話を中途半端なままにしておきたくはなかった。

「スタンプラリーだったんだって。五つのエリアを回って、専用の台紙にスタンプをもらうんだ。全部集めてセンター・キャラバンに行ったら、ピンバッジが貰えたそうだよ」

「なるほど。それ、ちょっと楽しそうですね——行ってらっしゃい」

手を振る濱井に笑顔を向け、燐太郎は「地下帝国」の入口へ向かって歩き始める。ブルーストーンズ・バレーまでは、地下の通路を通ったほうが早い——パークの中が混雑しているときはなおさらだ。勤務中はもちろん、最近はプライベートで遊びに来たときにも、パーク内の移動そのものに効率を求めるようになってしまった。

建物の陰に回る前に、一度背後を振り返る。エントランスに最も近い「サンライズ・コースト」方面からセンター・キャラバンへ抜けてきたゲストの多くが、スマートフォンの画面を見ながら歩いていた。ショーの抽選もアトラクションの抽選も、すべてアプリで管理する時代だ。開業当初にアトラクションやグリーティング施設の整理券を配っていたブースも、今はすべて撤去されてしまった。

効率的にパークを回る。できるだけたくさんのことを体験する。今のゲストは、とにかく「損をしないこと」を求めているのかもしれない。パークの中をゆっくり見てもらうことを目的としたベイリーのハイド・アンド・シークのイベントは、彼らの心に響いているのかどうか。

みんな、誰に会いにここへ来るの
みんな、何を探しにここへ来るの
会いに来て　ここにも　あっちにも　ベイリーはいるよ
姿の見えないかくれんぼ

スピーカーから流れてくるのは、今回のイベントのために書き下ろされた楽曲だ。透明感のある女性ボーカルの声が、賑わうパークを鮮やかに彩っている。

ゲストに向かって一礼し、建物の陰へ。最寄りの階段から地下へと潜る。すれ違うアテンダントたちと会釈を交わしながら、ブルーストーンズ・バレー方面へと急ぎ足で向かう。通路を走ることは禁止されているが、さすがに今日は駆け足でどこかへ向かうアテンダントたちの姿が目立った。予測していた混雑状況とはいえ、みんなゲストの整理や誘導、突然の配置変更などに追われているのだろう。最近は地上のパークだけではなく、地下帝国も騒がしく、慌ただしい日々が続いている。

「またですか。今日、二十件目くらいじゃないですか」

「ナッツビルの迷子、解決したみたいです。保護者の方がすぐに見つけられたようで」

聞こえてくる会話を耳に挟みながら、燐太郎はさらに歩き続ける。ブルーストーンズ・パバレーに繋がる階段から、賑やかな音楽が聞こえてくる地上へ。ファクトリー・ザ・パニックの建物裏に出たところで、燐太郎を待っていたらしい小西が駆け寄って来た。

「樋高さん。すみません、ご足労いただきまして」

「大丈夫ですよ。ぬいぐるみ、見つかったんですか」

小西は細い顎を横に振った。

「撮影スポットや待機列の周辺を捜してるんですけど、出てこないんです。持ち主のゲストさんも困っていらっしゃるようなので、なんとか見つけてあげたいのですが」

「ベイリーのぬいぐるみと聞きましたが、どれくらいの大きさのものでしょう」

「ミドルサイズ、二十年くらい前の定番商品のようです。子供の頃、一緒にパークを訪れたご両親に買ってもらったものだとおっしゃっていました。大学生になった今でも、パークに来るときには必ず連れてきている、とも」

幼いときから共に過ごしてきた、大事な「相棒」。どれほどの思い入れがあるのだろうと、燐太郎は胸に小さな痛みを覚える。

「僕も一緒に捜します。とりあえず、撮影スポットのほうを見に行ってもいいですか」

「お願いします。それで、その」

言葉尻を濁す小西に、燐太郎は目線で合図をした。二人で建物の正面へ向かって歩き始める。声のトーンを落とした小西が、さらに続ける。

「ゲストの方から話を聞いているときに、ちょうど鴛鴦班長が外に出てこられたんです。ちょっとした騒ぎになっていたから、どうしたんですかって事情を聞いてくださって。私も捜しますよって、お手伝いしてくださることになったんですけど――そのときに、樋高さんを呼ぶようにと頼まれまして。例の場所でまた幽霊を見た、この紛失事件とかかわりがあるかどうかはわからないが、とにかく話を聞いてほしいと」

例の場所、とは、あの「片足のセキュリティロボット」がある場所を示しているのだろう。頷き、燐太郎は前方に見え始めたファクトリー・ザ・パニックの待機列を確認した。屋外の列が隣のショップの壁に届くほど長くなっている。面積あたりの滞留人口はかなり多い。誰かが間違えて持っていったにせよ――考えたくはないが――意図的に持ち去ったにせよ、時間が経つほど目的のぬいぐるみを持った人物を見つけるのは難しくなっていくだろう。

「わかりました。鴛鴦さんにもお話を伺ってみます。急ぎますね」

「はい。お願いします」

ブルーストーンズ・バレーの撮影スポットは、ファクトリー・ザ・パニックの建物横に設置されているはずだ。列を作るゲストに笑顔を見せながら、燐太郎は目的の場所へと急ぐ。湾曲する建物の周囲を少し回ったところで、また別の列が見えてくる。こっちが撮影スポットの待機列らしい。赤銹色の制服を着たブルーストーンズ・バレーのエリア担当アテンダントが、次々にやってくるゲストをスムーズに案内していた。

「二人で写真を撮ろうと思って、撮影スポットのベイリーの像の足元にぬいぐるみを置いたんです」

列から少し離れた場所に、数人の警備スタッフと二人組のゲストらしい女性が集まっていた。ゲストのひとり、春イベント限定のホリーのカチューシャをつけた女性が、今到着したらしい警備スタッフに事情を説明している。

「まずぬいぐるみと荷物を像の足元に置いて、初めはベイリーの像と自分たちだけの写真を撮りました。一グループにつき二回まで撮影ができると説明を聞いていたので、次はベイリーのぬいぐるみを抱っこして撮ろうよって振り向いたときには、もうなくなってて。一分、いや、三十秒も目は離してなかったと思います。すぐに周りを見たんですけど、それらしいぬいぐるみを持ってる人もいませんでした」

「近くにいたアテンダントは、ぬいぐるみがなくなるところを目撃していないんですか」

警備スタッフのひとりが訊ねる。女性ゲストは少し泣きそうな顔になって、答えた。

「ちょっとだけ離れた場所に、並んでる人を誘導してくれていたアテンダントさんがいたんですけど。なくなったところは見ていない、って言われました。私たちがちゃんと見てなかったのが悪いんです」

「おかしいですね。他のゲストが持っていったにしても、撮影スポットまで近寄って来たところで気づきそうなものなのに」

別の警備スタッフが首を傾げた。燐太郎は長く延びる待機列と、その奥にある撮影スポットを確認する。ベイリーの像がある撮影スポットは、建物と建物の間、少し奥まったところにあるはずだ。壁に沿って待機列を作り、少し開けた空間に設置した像の近くへと案内する仕組みになっている。列の形成の仕方と撮影スポットの位置関係からして、列の先頭のゲストが直接撮影スポットを見るのは難しそうだ。身を乗り出してのぞき込めば一部分は見えるかもしれないが、それでも気づかれないようにぬいぐるみを取りに行けば気づかれる。持ち主や列に並んでいた他のゲスト、そしてアテンダントたちの目が離れたタイミングがあったとはいえ、ぬいぐるみはいつ、どのようにして持ち去られてしまったというのだろうか。

「鳥が持って行った？ さすがにそれはないと思いますが――」

「パークではごくたまに猫の姿も見ますけどね。でも、ぬいぐるみを持って行ったりするかなあ」

警備スタッフたちが首をひねる。持ち主の女性ゲストは、涙声になって答えた。

「すみません。完全に、自分の不注意なんですけど――小さいときに買ってもらった、大事なぬいぐるみなんです。なくしたら、親にも申し訳なくて」

女性ゲストは目頭をおさえ、顔を伏せてしまう。一緒に来ていた仲間らしい別の女性ゲストが、「大丈夫だよ」とその肩を優しく撫でていた。

燐太郎は笑みを浮かべた。背筋を伸ばして近寄り、うつむく女性ゲストに声をかける。

「こんにちは、素敵なお客さま」

二人組の女性ゲストは、燐太郎の姿を見て少し驚いた顔をした。警備スタッフでもブルーストーンズ・バレーのアテンダントでもない、別のエリアの制服を着たスタッフが出てきたので、そんなに大騒ぎになっているのかと思ってしまったのだろう。燐太郎は一礼する。

「一緒に来たベイリーがいなくなってしまったと、そうお伺いしました。心配ですね――ベイリーはかくれんぼが好きないたずらっ子とはいえ、迷子になってしまったらかわいそうですから」

近くのスピーカーからは、ベイリーのハイド・アンド・シークの楽曲が流れていた。

女性ゲストは目元を拭う。

「すみません。大騒ぎしてしまって」

「とんでもありませんよ。家族や友達が急にいなくなったら、僕だってすごく心配しますから。それに、ベイリーはうちのサーカス団一の人気者ですからね。戻ってきてもらわないと、僕らが団長に怒られるんです」

女性ゲストは友人と顔を見合わせ、ようやく笑みを浮かべた。燐太郎が「ショックリー・ブラザーズ・サーカス団」の団員という設定である、センター・キャラバンのアテンダントであることに気がついたのかもしれない。

「とにかく、全力でパークの中を捜そうと思いますが——」

燐太郎に目くばせされ、警備スタッフたちが力強く頷いてくれた。微笑みを返し、燐太郎はさらに言葉を続ける。

「まずは周囲を捜索してみます。パークの中の全警備スタッフには、もう連絡が行っているはずですから」

「遺失物センターにも、それらしいぬいぐるみが……いえ、迷子のベイリーがやってきたら、すぐ知らせるようにと連絡しています。それでも見つからないようなら、警察に届けましょう」

警備スタッフの言った「警察」という単語を聞いて、女性ゲストは身構えた。真摯に対応するなら、その判断も選択肢に入れておかなければいけない。

「——お願い、します」

女性ゲストが頭を下げる。警備スタッフが人の流れの中に紛れていくのを見送ってから、燐太郎は再び口を開いた。

「心配ですね」

捜索の目を増やすため、すぐにでも捜しに行かなければいけない。鴛鴦からの報告も気にかかる——だが、燐太郎はまず目の前にいる女性ゲストに、その涙を止めてほしかった。大事な友人と共に訪れたパークで、悲しい思い出を作ってほしくはなかった。

「……僕も、小さい頃にパークの中で迷子になったことがあるんです。レストランに行く途中の道で、すぐそばを通ったベイリーたちに気を取られていたら、いつの間にか隣にいたはずの両親がいなくなってて。あの時は、すごく不安で寂しかった——でも、アテンダントさんが泣いてる僕をすぐに見つけてくれましてね。迷子センターに行く前に、『いっしょにベイリーにお祈りしよう』って言ってくれたんです。パークの中で強くお願いしたことは必ず叶うんだ、ベイリーの奇跡って言うんだよって教えてくれて」

幼いときに初めて聞いた、「ベイリーの奇跡」の伝説。幼い燐太郎は素直にその言葉を信じ、心から「両親に会わせてください」と祈った。先に到着していた両親に迷子センターで再会したときには、泣きながらベイリーにお礼を言ったものだ。

「——だから、祈りましょう。ベイリー、出てきてねって。一緒に帰ろうって、そう願ってみませんか」

女性ゲストは、濡れた瞳で燐太郎の顔を見上げた。頷き、両手を強く組み合わせる。

「ベイリー、出てきて。一緒に帰ろう」

「僕からも。ベイリー、出てきて。みんなが心配してるよ」

「ベイリー、出てきてください。お願いします」

女性ゲストの友人も手を合わせ、三人でしばらく祈りを捧げる。ゲストたちが顔を上げるタイミングを見て、燐太郎は微笑んだ。

「あとは、出てきてくれると信じましょう。僕も捜しに行ってきますから」

「——本当に、すみません。よろしくお願いします」

ゲストの顔色が良くなっていることを確認して、燐太郎もほっと息を吐く。ベイリーの奇跡のエピソードで、少し落ち着きを取り戻してくれたらしい。

さて、と足を踏み出しながら、燐太郎は思案を巡らせた。遺失物センターに届け出があるなり、捜索するスタッフが発見するなりして、いなくなったベイリーが無事に持ち主のもとへと戻ればいいが。そうならなかった場合は、事後のケアが必要になってくる。

今回の件に関しても、他のゲストがベイリーを持ち去っていたと判明した場合には、運営がその代金などを弁償することはないだろう。そもそも、代金を払えばいいという問題でもないのだが。運営はどういったケアをするのか、自分たちにできる声掛けは、などと考えながら、燐太郎は撮影スポットの待機列に沿って歩いていく。

待機列の横の植え込みを注意深く捜しても、それらしいものは見当たらない。並ぶゲストはそれぞれセルフィーを撮ったり、ポップコーンをつまんだりして、騒ぎには気づいていない様子だ。笑顔を見せ、「楽しんで」と声をかけながら、燐太郎は建物沿いの通りを歩いていく。表通りを警備スタッフが捜しているなら、アテンダント専用の通路を確認してみるかと思った、そのときだった。

「あれ、鴛鴦さん」

作業服姿の鴛鴦が、ファクトリー・ザ・パニックの建物裏、ボートの落下地点のすぐ近くにかがみこんでいる。高い塀に囲まれていて、ボートからも表通りのゲストからも見えない位置だ。

「鴛鴦さん。こっちに出てこられてたんですね」

　近寄り、声をかける。頭を下げた鴛鴦が、軽く口角を上げた。

「来てくれたの。ごめんね、センター・キャラバンのほうも忙しいでしょうに」

「いえ、これも仕事ですから。鴛鴦さんが、僕を呼ぶようにと言ってくださったみたいですが――」

　目の前にそびえる塀を見上げ、鴛鴦は息を吐く。

「この塀のすぐ裏、『パニック』の最後のドロップ地点でしょう。この位置からだと見えないけど」

「はい。ボートが着水するところですね」

　塀の向こうからは、落下のスリルを楽しむゲストの叫び声が聞こえてくる。あの事件以来、ファクトリー・ザ・パニックには何の問題も起きていないはずだ。

「私ね、あの『片足のセキュリティロボット』がいる場所で、幽霊を見たの。夜間メンテナンスの仕上げにかかっているときで、もう夜が明けそうな時間帯だったかな。初めてのことだったから、びっくりしちゃって。幽霊って、あんなにはっきりと、わかる形で見えるものなんだなって」

「……そうですね。幽霊によっては、生きている人と変わらないくらい、はっきりと姿が確認できる場合もあると思います」

　一口に幽霊とは言っても、匂いだけのもの、あるいは温度だけのもの、ぼんやりとしかその形を確認できないもの、生きた人間と変わらない姿をしているものと、その「見え方」はさまざまだ。自分には霊感などないと思っている人も、ふとした瞬間に幽霊の存在を認識している場合がある――燐太郎のような人間は、その解像度が高いだけ。見える人と見えない人との境界は曖昧で、グラデーションを描いているものなのだ。

「それは、鴛鴦さんが前にメッセージで送ってくれた『一本足の男の子』ですか」

普段は見えない人の前にまで幽霊が姿を現したときは、気をつけなければいけない。燐太郎は長年の経験でそう理解していた。何か強烈なメッセージを伝えるために現れているか、その場所や環境などに大きな変化が起きていて、そのひずみからはじき出されるように現れている場合がほとんどだからだ。今回の場合は後者の可能性が高いだろう。

鴛鴦は金属を模した銀色の壁に手を添えたままで、答えた。

「覚えててくれたんだね。そう――男の子と言われればそうかもしれないし、女の子だった気もする。いや、別に文学的な表現をしてるつもりはないんだけどね。髪型とか、服装とかも、よく思い出せないの。どんな顔だったかと言われても、ちょっと説明できない感じ。一瞬だったし、なんというか、普通に目で『見えた』のとはちょっと違ってたから。ただ、一本足だったことははっきりと覚えてる。ああ、これが、山本さんが隠そうとしていた幽霊だったのか、片足のセキュリティロボットがあの場所に置かれていたのには、何か意味があったのかって、なんだか納得しちゃったから」

「一本足――セキュリティロボが置かれていた場所にあった、引きずるような足跡とも一致しますね」

鴛鴦は顎を引き、燐太郎のほうに向きなおった。手はまだ灰色の壁に添えている。

「樋高くん。このエリアに新しくできた、撮影スポットなんだけどさ」

「はい」

「俯瞰でマップを想像しないと気づきづらいけど、あの片足のセキュリティロボットが置かれてた場所と、今設置してる撮影スポットって、この壁一枚隔てて隣り合ってるの。おそらくは、数十センチと離れていない。落下地点のまわりの壁は目隠しで、それほど分厚いものでもないらしいからね」

上空から見たパークの地図を思い浮かべて、燐太郎はなるほど、と頷いた。鴛鴦の言うとおり、ベイリーのハイド・アンド・シーク用に設置された撮影スポットと、鴛鴦が一本足の幽霊を見たという例の場所は、すぐ近くにある。ほとんど同じ場所と言ってもいいかもしれない。

「……今回の紛失事件、不可解な部分があるんですよ」

燐太郎は続ける。ぬいぐるみを持ち去った犯人が、生きた人間や動物でなかったとしたら？

「ゲストが目を離していたのはほんの一瞬ですし、気づかれずにぬいぐるみを持ち去るのはほとんど不可能に近いと思うんです。猫や鳥が持って行ったのかもしれませんが、それにしても音や気配でわかりそうなものですし。すぐ近くに潜んでいた何か、他の人間が入れないようなところに隠れていた何かが、持ち去ったとしか思えません。それが鴛鴦さんの見た幽霊の仕業かどうかは、まだわかりませんが」

「ぬいぐるみを、ね。小さな子供の幽霊みたいだったから、そういうこともあるかもしれない――」

「鴛鴦さん？」

遠くを見た相手に、燐太郎は問いかける。鴛鴦は息を吐いてから答えた。

「ちょっと思ったの。山本さん、あの子のことが怖くて『みんなに見せないようにしよう』と思ってたんじゃなくて、そっとしておいてあげたかったんじゃないかって」

「そっとしておいてあげたかった――ですか」

「うん。山本さん、幽霊になって出てきてさ。囮みたいなことしてまで、あの子が出る場所をみんなに見せまいとしてたでしょう。人の気持ちに敏感な人だったから、あれ、山本さんなりの気づかいじゃないかって思ったの。死んだ人をたたき起こすようなこと、好きじゃないって感じの人だったし。樋高くんが入社する前から、アトラクションの水路に向かって手を合わせたり、お菓子を目立たないところにお供えしたりしてたんだよ。ここ、けっこう人が死んでる土地だからねって。新人のときは、単なる気持ちの問題というか、験担ぎなのかなくらいに思ってたけど」

人がたくさん死んでいる土地。メンテナンス部の責任者であった山本も、そのことを知っていたのか。燐太郎は唇を噛んだ。

「……詳しい事情はわかりませんが、地下からたくさん人骨が出てきたのは本当みたいです。誉田さんも、隠すつもりはないと言っていましたが」

「この前の全体会議の資料にも書いてあったね。クリーピー・スクエアの工事現場から、人骨が出てきました。行旅死亡人として扱われ、現在は工事も再開されています、ってやつ。怖い話みたいに言うべきものじゃないって、わかってるんだけどね」

「はい――本当に、そうです」

鴛鴦や牧地の言うとおりだ。「事件性のない死体」そのものは、忌まわしい事件として扱うべきことではない。

だが、自分たちパークの運営側の人間が、彼らの安息の地を荒らしてしまっているのだとしたら。それによって、パークのあらゆる場所で異変が起きているのだとしたら。

「鴛鴦さん」

はっきりとした口調で、燐太郎は相手の名を呼ぶ。

「もしまたその一本足の子供の幽霊を見ることがあったら、僕にすぐ知らせてください。もしかしたら、放っておいてはいけない類の幽霊だということも――」

「あった！　ありました！」

にわかに聞こえてきた声に、燐太郎は鴛鴦と同時に首を巡らせる。

ゲストが行きかう表通り、燐太郎たちからかろうじて見える位置に、ベイリーのぬいぐるみを抱えた警備スタッフが立っていた。少し間をおいて、先ほどの女性ゲストとその友人がスタッフのもとに駆けよってくる。ぬいぐるみを受け取った女性は、その体を強く抱きしめた。ありがとうございます、ありがとうございますと、何度も頭を下げる。

少し離れた位置に立つ燐太郎に気づいて、明るい笑顔を見せた。

ぬいぐるみを見つけた警備スタッフが、弾む声で報告する。

「いやあ、見つかってよかったです。撮影スポットの裏の植え込みに落ちていましたから ね、やっぱり猫かなにかが持って行こうとしていたのかもしれません。よかったね、ベイリー。持ち主のところに帰れて」

「はい——本当に、ありがとうございます。みなさんが捜してくださったおかげです」

「それにしても、変ですね」

別の警備スタッフが首をひねりながら、長く延びる待機列の先を見やった。

「あのあたり、アテンダントさんが真っ先に捜してくださってたんですよ。見逃すとも思えないので、持って行った猫ちゃんかなにかがまたぬいぐるみをくわえて戻ってきたのかなあ。まるで返しに来てくれたみたいじゃないですか。持ち主さんの祈りが届いた、ってとこですかね——」

鴛鴦と顔を見合わせ、燐太郎は軽く瞬きをする。

ボートが水を撥ね上げる音と、ゲストの高い喚声が、壁のむこうから規則的に聞こえ続けていた。

＊

昼前のクリーピー・スクエアは、さまざまな年齢層のゲストで賑わっている。

学生らしい五、六人のグループはもちろん、老夫婦らしい二人連れや、子供を連れたゲストの姿も目立った。クリーピー・スクエアには年齢や身長制限のあるアトラクションが少ないので、小さな子供連れのゲストも多く集まる傾向があるのだ。「おばけさんに会いに行こうか」と言われて「スペクター・ラビリンス」に連れていかれた子供が泣き叫びながらアトラクション出口から出てくるところも、もはやおなじみの光景である。

さまざまな速度で行きかうゲストの流れを邪魔しないよう、燐太郎は通りの端を歩いていく。すれ違うゲストに笑顔を見せ、通りに立つアテンダントたちに手を振り、ストリート・グリーティングをしているキャラクターに手で合図を送りながら、スペクター・ラビリンス方面へ。時刻は午後三時半過ぎ。デイリーパレードの待機列がはけ切って、センター・キャラバンのあたりにもゆとりができる時間帯だ。

「――濱井さん、聞こえますか。樋高です。今、そっちはどんな感じでしょう」

インカムのマイクを入れ、燐太郎は低く呼びかける。間をおいて声が返ってきた。

「樋高さん、おつかれさまです。こっちは大丈夫な感じですよ。問い合わせは多いですけど、ひとりで対応できないほどじゃありません。紛失物、見つかったんですね」

っていたらしい。

ベイリーの「失踪（しっそう）」事件の顚末（てんまつ）は、センター・キャラバンに残っていた濱井にも伝わ
「警備スタッフさんが見つけてくれましたよ。ゲストの方も喜んでました。ただ――」

「ただ、どうしたんですか」

「ベイリーのぬいぐるみがなくなった原因そのものが、はっきりしていないんですよ。

僕は僕なりの視点で、もう少し色んなことを探ってみようと思います」

イヤフォンの向こうから、息を吞（の）むような音が聞こえてきた。

「それ、幽霊が絡む案件ってことですよね。ぬいぐるみを持っていった犯人が、幽霊だったってことなんですか？」

「たぶん――いや、おそらく、きっと。ただ、その幽霊を直接見たわけじゃないからね。

もう少し、そのあたりを調べてみようと思う。気になる場所が他にもあるから」

いつもの口調に戻った燐太郎に、濱井が「わかりました」と頼もしい声で答えた。

「こっちは任せてください。二倍……いや、五倍くらいのパワーで回してみせますので。

あ、ゲストさんこっちに来そうです。では。頑張ってください」

あっさりと切れる通信。胸元のマイクに視線を落として、燐太郎は口角を上げた。濱井といい牧地といい、優秀なアテンダントにはさっぱりと小気味のいい対応をする人物が多い。いや、自分の対応の粘度が高すぎるのかな、などと考えながら、石畳の道を歩く。無人の夜中にはあれほど不気味だった通りも、今は賑やかなものだ。スペクター・

ラビリンスの建物沿いに並ぶゲストの列が見えてくる。アトラクションの待機列ではない。撮影スポットのために形成された列が、ここまで延びているのだ。

「こんにちは、素敵なお客さま。今日は恐ろしい日ですね」

クリーピー・スクエア流の声掛けをしながら、待機列の先へ。ゲストからは「おばけ屋敷、怖かったでーす」「今日はサーカスの公演、ないんですか」などと、冗談めかした言葉が返ってくる。エリアごとの制服をちゃんと覚えているゲストも多い。燐太郎が着るセンター・キャラバンの制服だけはどのエリアにいても違和感がないようにデザインされているが、あまり管轄外の表通りをうろつかないようにしなければ。

ゲストに頭を下げ、燐太郎は大通りから逸れる。今度はスペクター・ラビリンスの本棟、アトラクションの大部分がおさまっている無機質な建物の壁に沿って、周囲をぐるりと回っていく。メンテナンス部のスタッフやクリーニング・アテンダントの姿がちらほらと見えるだけで、人通りは少ない。

建物の周囲をひたすら歩く。関係者専用の駐車場に繋がる裏手に抜け、さらに周囲を回り、表通りの別の地点に出る通路へ。地下帝国に続く階段の前を通りすぎたあたりで、燐太郎は足を止めた。

スペクター・ラビリンスの本棟と、ゴールドクレストの木の植え込みに挟まれた、細い通路。木の隙間からは向こう側を確認することができない。この植え込みの向こうのスペースには、ベイリーのハイド・アンド・シーク用の撮影スポットが設けられているはずだ。ゲストを誘導するアテンダントの声と、明るく言葉を交わすゲストたちの会話、カメラのシャッター音までもがはっきりと聞こえてくる。

青々としたゴールドクレストの木と、すぐ隣にそびえるスペクター・ラビリンスの本棟を見比べ、燐太郎は一枚の地図を思い浮かべた。今回のイベントの撮影スポットは、センター・キャラバンを除く五つのエリアに設置されている。さきほど紛失事件があったブルーストーンズ・バレーには、玉乗りをするベイリーの像が。ここクリーピー・スクエアには、輪くぐりをするベイリーの像が置かれているはずだ。

このクリーピー・スクエアに設置された撮影スポットの近くには、スペクター・ラビリンスの本棟がある。今燐太郎はその撮影スポットの隣に立っているが、本棟の内部、壁を隔てたすぐ向こうには、あの「十三番扉」があるのではないだろうか。館内の図面とパークの地図を重ね合わせたことはないので、細部には少しずれがあるかもしれない。だが、位置的にはそれほど離れていないはずだ。

クリーピー・スクエアの撮影スポットと、異次元に繋がる十三番扉。ブルーストーンズ・バレーの撮影スポットと、鴛鴦たちが幽霊を見た「例の場所」。他の地点はどうだ？　ナッツビル・カントリーの撮影スポットは、「プレーリー通り」の外れに設置されている。最近、あのあたりで何か妙なことが起きはしなかったか。

「そもそも、どうして『ここ』なんだ？」

燐太郎は言葉を漏らす。五つのエリアにそれぞれ撮影スポットを設置するというアイデアに疑問はないが、その場所選びはどういった基準で行われているのか。どの撮影スポットも少し奥まったところにあって、列も形成しにくい。もっと開けた場所に設置したほうがゲストの誘導も容易だったのではないかと思うが——あえてその地点を選んだことには、何か理由があるのではないだろうか。

周囲のものがほとんど写り込まない場所にという配慮からか、あるいは、それぞれの地点にはもともと、別の施設があったのか。乗り物券の発券所や有人の案内所など、なくなってしまった施設はいくつもある。五つのエリアそれぞれに、撮影スポットを置けるだけのスペースがたまたま空いていたというのも不自然だ。何か撤去されたものがあるのだとしたら——。

「だめだ。情報が少なすぎるな」

かなりのパークマニアの燐太郎でも、ワールド・ワンダー・パークの歴史のすべてを頭に入れているわけではない。地下帝国にはパークの昔のチケットや地図、各種の情報雑誌のバックナンバーを閲覧できる、小さな資料室があったはずだ。アテンダントなら誰でもいつでも利用できる。

開業当初のイベント情報やマップを調べに行こう、と歩き出そうとして、燐太郎は足を止めた。細い通りの先、パークの表通りに続く方向から、音もなく転がってくるものが見えたのだ。

「なんだ？」

動きを止めて凝視する。直径十五センチほどの赤いボール。サンタクロースの帽子をかぶるベイリーの絵がプリントされた、季節の定番商品ではないか。

細い道はほとんど九十度の角度で曲がっているので、燐太郎の立つ位置から表通りを歩くゲストの姿は見えない。誰かが過って落としてしまったのだろう、と、燐太郎は転がってきたボールを拾い上げる。かがんだ身を起こし、表通りに向かって歩き始めようとした、そのときだった。

思わず息を止める。正面に現れたものに対する理解が追いつかず、ほんの一瞬だけ思考が真っ白になる。

細い通路の突き当り、道が九十度に曲がるあたりに、子供の幽霊が立っている。黒々とした瞳(ひとみ)をまっすぐに向けて、その子供は燐太郎をじっと見つめていた。

女の子？　いや、男の子か。姿はくっきりと見えているのに、外見を具体的に説明することができない。年齢は四、五歳、服装は――透明、だ。透明、いや、空白とでも表現するべきなのか。白いシャツのような、ワンピースのような。真っ白のようでいて、色や柄があるようにも見える。性別も、年齢も、服装までもが、はっきりとしない――ただ一つだけ、ひと目でわかる特徴を除いては。

その子供の幽霊には、左手がなかった。

片手の子供の幽霊が、ボールを拾い上げた燐太郎をひたと見据えている。

「君は」

声をかける。燐太郎が足を踏み出すと同時に、子供の幽霊はくるりと身体の向きを変え、曲がり角の先へと姿を消してしまった。

「待って……待って！」

ボールを抱えたまま走り、燐太郎は幽霊のあとを追った。表通りに飛び出して、あたりを素早く見回す。五、六人の修学旅行生のグループ。車椅子のゲスト。小さな子供を連れた、二組の家族連れ。

子供の幽霊の姿は見当たらない。ボールを片手に持ったまま、しばし呆然とする。すぐそばを通ったゲストが、立ち尽くす燐太郎を不思議そうに見ていた。

「あ！　ボール、あった！」

高い声が耳に届いて、燐太郎ははっと我に返った。

四歳くらいの女の子が、燐太郎のすぐ目の前で両手を差し出している。背後から追いかけてきた父親らしい男性が、申し訳なさそうに声をかけてきた。

「すみません、転がして遊んでたら、見失ったみたいで――」

燐太郎は笑みを浮かべて、女の子の前にかがみこんだ。ボールを差し出しながら、優しい声で言う。

「はい、どうぞ。ベイリー、かくれんぼしてたんだね」

「ちがうよ。遊んでるときになくしちゃったんだ。ありがとう、ばいばい」

冷静な受け答えを返され、燐太郎は大袈裟に驚いた顔をしてみせた。頭を下げる父親にも手を振り返して、親子の姿を見送る。さっきの幽霊は――やはり、見当たらない。姿を具体的に思い出そうとしても、記憶の中の映像はぼやけ、つかみどころなく消えていくようであった。

「今日、多いよなあ、ロストも紛失物も。みんな写真撮影に気を取られて、注意散漫になってるんじゃないかね」

聞こえてきた声に振り返り、燐太郎は身内だけに見せる笑みを浮かべた。牧地だ。クリーピー・スクエアの制服である濃紺のジャケットを羽織って、シャツの胸元のボタンを留めなおしている。

「どうも、牧地さん。休憩上がりですか」

「今、地下帝国で飯してきたとこ。ちょっとそっち外れるか」

牧地の誘導に従い、二人で表通りから建物横の道へと戻る。角を曲がったあたりで足を止め、牧地は再び口を開いた。

「何か、訳ありそうな顔でこの辺歩いてただろ、さっき。また幽霊案件か」

「さすがですね。まさに、幽霊を探してここまできたところですよ」

おお、と声を漏らす牧地に、燐太郎はひと通りの事情を説明する。撮影スポットで起きた、不可解な紛失事件。鴛鴦が見た一本足の幽霊。戻ってきたぬいぐるみ。今しがた燐太郎が遭遇した片手の幽霊と、撮影スポットの場所――話を聞き終えた牧地は腕組みをして、しばらく唸（うな）るような声を出していた。首を傾げる角度をどんどん大きくしていく相手に、燐太郎は訊ねる。

「牧地さんは、あれ以来何か変なものを見たりしてないですか。さっき僕が会ったような幽霊とか、ほかの幽霊とか、気になることならなんでもいいんですけど」

「いいや、思い当たることはないな。このところ、やけに紛失物が多いなと感じてたくらいだよ。ベイリーのハイド・アンド・シークが始まったあたりからかな。ゲストも多いし、盗難でも増えてるんじゃないかと思ってたんだけどな……」

ふと言葉を止め、牧地は口元を歪める。

「樋高。お前、今何歳だっけ」

「今年二十五になります。牧地さんの八つ下ですよ」

「そうだったな。だったら親世代でギリギリ体験してるかね――開業当初にやってたスタンプラリー、知ってるか？　専用の台紙に五つのエリアのスタンプを集めたら、記念のピンバッジが貰えるってやつ。開業から二、三年しかやってなかったイベントだし、記念のピンバッジも幻のグッズ扱いだけど」

「聞いたことはあります。確か、今回のベイリーのハイド・アンド・シークも、そのイベントの復刻版みたいなコンセプトで計画して……」

燐太郎ははっと息を呑んだ。五つのエリアをめぐるイベント。不自然な場所に置かれた撮影スポット。開業から二、三年で中止になってしまったイベントと、今はもうなくなってしまった施設――。

「そう、同じなんだよ。昔のスタンプラリーと、今回のベイリーのハイド・アンド・シーク。二つのイベントのポイントには、全く同じ場所を利用してる」

腰に手を当てた牧地が、いつものよく通る声で答えた。撮影スポットの待ち時間を知らせるアナウンスを頭の上で聞きながら、燐太郎は牧地の説明の続きを待つ。それぞれのエリアの撮影スポットは、二百分待ち。整理券の配布も終了したと、アナウンスの声は残念そうに告げていた。

「今の撮影スポットがある場所に、昔のスタンプラリーのスタンプ台があったらしい。今回のイベントをやるまで、ほとんど何にも使われてなかった場所だけどな。乗り物券の発券機や案内所と同じ、忘れられた空間ってやつだよ」

*

地下帝国の「ライブラリ」は、北西のさみしい場所にあった。

ロッカールームや食堂、売店などからも離れた、人の行き来が少ない一角だ。八帖ほどの部屋の中、かつてパークのレストランで使われていたらしい大テーブルに古い絵地図のコピーを広げて、燐太郎はその表面を指でなぞる。五つのエリアの配置は、開業当初からもちろん変わっていない。

エントランスから入り、南西のサンライズ・コーストへ。そこから時計回りにナッツビル・カントリー、クリーピー・スクエア、ブルーストーンズ・バレー、イソラ・デ・アマリージョを巡る。スタンプが集まったらセンター・キャラバンへと入り、最後のチェックポイントに向かおう。開業当初に行われていたスタンプラリーの台紙には、そんな順路が書かれていた。アトラクションの数も入場者数も今よりずっと少なかった三十六年前には、これがもっとも効率のいい回り方だったのかもしれない。

今はサンライズ・コーストからまずセンター・キャラバンに入って、写真を撮ったり限定グッズを買ったりするゲストが多いので、この順路でパークを回る人はほとんどいないのではないだろうか。非公式のガイドブックなども、サンライズ・コーストからナッツビル・カントリーに向かう通路が混雑しやすいこと、人気のアトラクションがあるブルーストーンズ・バレーに朝一番で行くべきであるなどの理由から、五つのエリアとセンター・キャラバンを「順に」「すべて」回るルートを掲載することはほとんどない。

かつて行われていたスタンプラリーのイベントでは、五つのエリアをすべて回らないと記念のピンバッジが貰えない仕組みになっている。「各種イベント資料」のファイルに保管されていたスタンプ台紙とパークの絵地図を見比べながら、燐太郎は考えを巡らせた。

やはり、スタンプラリーのチェックポイントはベイリーのハイド・アンド・シークの撮影スポットが作られているスペースに設けられていたようだ。五角形をしたパークの、それぞれの頂点に近い場所である。ピンバッジの交換場所も兼ねていたらしいセンター・キャラバンのチェックポイントだけは、「ひみつ」であるとしてその場所が伏せられていた。最後の宝物だけは自分の力で探してみようね、ということらしい。

昔はのんびりとした時代だったんだな、と燐太郎は口角を上げる。今なら「景品の交換場所を伏せると、ゲストが混乱する」と却下されてしまいそうな遊び心だ。

スタンプラリーの台紙には、鼻を上げたベイリーのイラストが描かれている。「ぼくをさがして」という、短いキャッチコピー。現在行われているベイリーのハイド・アンド・シークのコンセプトのもとにもなった一文だ。

企画開発部は、なぜこのタイミングで開業当初の「回り方」を推奨するようなイベントを打ち出したのか。五つのエリアを巡る。すべてのベイリーを捜し出して、センター・キャラバンへとたどり着く――。

「ワールド・ワンダー・パークってさ、きれいな五角形をしてるよね」

出入り口のほうから聞こえてきた声に、燐太郎は振り返った。五周年記念のポップコーン・バケツの復刻版を首から下げた誉田が、軽い笑みを浮かべている。

「牧地くんに話を聞いてさ。資料室にいるんじゃないかなって思って捜しに来たんだけど、やっぱり昔の地図を見てたんだね」

「……今設置している撮影スポットの近くで、似たような見た目の幽霊が出ているみたいなので。今回のイベントと昔のスタンプラリー、何か共通点があるんじゃないかと思って、それぞれの『チェックポイント』を確認していました」

燐太郎はできるだけ冷静な口調で返す。以前のことはもう引きずっていないつもりだったのに、歩み寄ってきた誉田の横顔を、まともに見ることはできなかった。

「鴛鴦さんにも話を聞いたよ。彼女、一本足の子供の幽霊を見たんだって？」

「僕はついさっき、スペクター・ラビリンスの建物の横で、片手の子供の幽霊を見ました。鴛鴦さんが見た幽霊と関係があるのかどうかはわかりませんが」

誉田は顎を引き、燐太郎が広げていた古い絵地図を人差し指でなぞった。エントランスからサンライズ・コーストに入り、右回りにセンター・キャラバンへと向かうルート。北東のクリーピー・スクエアの右上あたりを指し示して、誉田は低い声で言う。

「今回予定されている拡張エリアが、このあたりだね。正五角形に近かったパークの形が大きく変わることになるけど、これだけじゃない。再来年春にはサンライズに直結するホテルができる予定だし、イソラとバレーの右下には二つのエリアを足したくらいの新エリアも計画されてる。正五角形のパークが見られるのも、あと少しってことなんだよ」

「そうなる前に、『今の姿』のパークを存分に楽しんでほしい――と、いうことですか」

誉田は顔を上げ、まっすぐに切り揃えられた口髭をなぞった。

「ちょっとついてきてくれるかい。見せたいものがあるから」

歩き出した誉田のあとを追って、燐太郎も部屋を出る。誉田はイソラ・デ・アマリージョとサンライズ・コーストの中間地点にある階段から地上へ上がり、そのまま高い木に囲まれたパークの外周を歩いて、淡いグリーンの建物の外付け階段を上がりはじめた。建物はパレードに用いる機材やフロートを収納するためのもので、パークからはほとんど確認できない位置に建っている。四階分の高さの階段を上がり切ったところで、屋上へと出た。パークの方角を向いた誉田が、残念そうに声を漏らす。

「あれ、ここに上がるとパークの全景が見えると思ったのに。木に隠れて、ぜんぜんわかんないや」

「いわゆる『バックヤード』に属する建物は、ゲストの目に触れないようになってますものね。『ワールド・フェリス・ホイール』に乗れば、この屋上もちゃんと見えますよ」

まだらに変色した床を踏んで、燐太郎は柵から身を乗り出す誉田の隣に並ぶ。確かに、パークの全景は全くと言っていいほど確認できない。だが、誉田が自分をここに連れてきた理由は、なんとなくわかっていた。

「……すごくいい場所に建ってるんですよね、ワールド・ワンダー・パークって。海も見えるし、交通の便もすごくいい。日本ワールド・ワンダー社がここにパークを誘致したのも、納得できます」

パークの先に見える海が、真っ青な空の色を映している。この界隈は雨の少ない、温暖な気候の土地だ。「日本人が求めるバカンスに最適な土地」であるとして、本国のワールド・ワンダー社も誘致に積極的な姿勢を示したのではなかったか。

「海の近くだと土地も取りやすいしね。国内の大型テーマパークのほとんどは、海の近くに敷地を作ってるし。もっともここは埋め立て地じゃなくって、もともとあった広い平地を利用してるわけだけど」

誉田は薄手の上着を脱いで、肘にかけた。白いシャツの襟元は大小のピンバッジで飾られている。日本ワールド・ワンダー社の幹部のみに配られている、五角形のバッジ。三十五周年の勤続二十五年以上の社員や準社員に贈呈される、金色のホリーのバッジ。

限定品。そんな色とりどりの「勲章」を眺めながら、燐太郎は誉田がパークと歩んできた時間、パークそのものがアテンダントやゲストたちと歩んできた時間に思いを馳せた。小さい頃から通い続けているとはいえ、運営する側としての燐太郎とパークの付き合いは、まだほんの二年ほどだ。知らないことも知らされていないことも、数えきれないほどある。

「――僕もね、新人のころに調べてみたことがあるんだ。ワールド・ワンダー・パークがどういう土地に建ってるのか。あの頃は僕も若かった。表向きは楽しいこと、わくわくすることを売って商売をしてるのに、そういう『都合の悪いこと』を隠しているだなんて、汚いじゃないかって思うところもあったからね。もしこの土地に悪いものが埋まっているのなら、それを隠している運営をしかるべきところに訴えようとまで考えてたよ。ゲストの安全に関わることがあるかもしれない、だったらそれを見過ごすことなんてできない、って」

燐太郎は身を引き締め、横に立つ誉田を見る。いつもは飄々としてつかみどころのない上司の横顔が、少しだけ自分と似ているように感じた。

「それで、どうなったんですか。訴えるだけの『何か』は、出てきたんでしょうか」

誉田は目を伏せたままで笑い、両手で柵を握りなおす。

「調べれば調べるほど、わからなくなっていったんだよ。この土地で昔、人がたくさん死んだのは、どうやら事実らしい。今でも当時の人骨が出てきたりする。でも、それが戦禍に巻き込まれた人たちなのか、それとも災害で命を落とした人たちなのか、あるいはもっと別の理由で命を奪われた人たちなのかは、わかっていないんだよ。ただ確かなのは、ここにたくさんの人の魂が眠ってるってことと、完全な形で死体が出てくる人は少ないこと——腕の一部とか、頭だけが見つかる人もいる。そして運営は、そういった人たちを毎回毎回、ちゃんと供養してるってことなんだ。ワールド・ワンダー・パークの地下帝国ってさ、パークをぐるっと回るように作られてるでしょ。真ん中部分には何も施設がない構造になってるんだけど、知ってる？　土地の中央部分には、供養塔が埋められてるんだって。一応その供養塔がある部屋というか、空間には入れるようになってるらしいけど、僕は行ったことがないなあ。定期的に法要もしてるそうだけど」

「それは——それも、僕は知りませんでした。ほとんどの社員が知らされていないことではないでしょうか」

神を祀る。土地を祓う。霊を供養する。大企業がそういった超常的なものに敬意を払うのは、珍しいことではない。大きな勝負を抱えている企業ほど、験や縁起といったものにも敏感になるからだ。

ワールド・ワンダー・パークの運営だって、土地を荒らすつもりはなかったのだろう。死者をたたき起こすことだって、本当はしたくなかったに違いない。だが、土地とは本来そういうものだ——悲しいこと、苦しいこと、汚らわしいことを積み重ねながら、それでも新たな希望を求めて生まれ変わり続ける。この世を生きる人間のすべてが、そうであるように。

「どうしても運営側の視点に立って擁護しちゃうけどさ。パークを誘致した当時の社長や幹部たちも、都合が悪いからそういう遺体のこととか、供養のこととかを隠してるんじゃないと思うよ。死者が呪いをもたらす、みたいに受け取られたくはなかったんだと思う。僕が新入社員だったころはね、初代の社長がよく言ってたものだよ。日本は、いや、人間の歴史というものは、悲しみと痛みを凌駕することでここまで進化してきた。ワールド・ワンダー・パークは、そういった力を与える場所でなくてはならないってね。当時は、戦争を経験したお年寄りらしい言い方だなくらいに思ってたけど、この日本で災害とか大きな事件が起こるたびに、思うんだ——おこがましいけど。せめてここだけは、みんなが笑っていられる場所でありますように。どれほど悲しいことがあっても、ここでは楽しいひとときを過ごしてもらえますようにって、僕らは本気で思ってるんだ」

どれほど悲しいことがあっても、楽しいひとときを過ごせる場所。テーマパーク産業は、まやかしの楽しみ、刹那の快楽を売る商売でしかないのだろうか。いや、違う。それだけは断じて、違う。

「……僕、あの震災があった年に、初めてワールド・ワンダー・パークに来たんです」

燐太郎は続ける。海から飛んできたらしい鷗が、白い軌道を描いて空を横切っていった。

「自治体からの招待でした。両親の仕事が震災で多少なりとも影響を受けていましたし、世間的にも娯楽産業が冷え込んでいる時期でもあったので、本当に久々の『レジャー』という感じだったんです。子供心に思いましたよ。今、なんだかすごく大変なことが起きているのに、テーマパークに行ってもいいのかって。楽しいこと、してもいいのかって」

幼心に感じていた、周囲の不安。灰色の日々。あの日、エントランスゲートをくぐった自分を迎えてくれたのは、あふれるほどの笑顔だった——こんにちは、素敵なお客さま。楽しんで。笑って。君は笑っていいんだ。楽しんでいいんだ、いつも悲しい顔をしていなくていいんだと、煌びやかな制服を着たアテンダントたちは暗黙のうちにそう語っていたのではなかったか。

「当時はアテンダントさんたちってすごく大人に見えましたし、世間で起きていることとは切り離された存在というか、ちょっと超越的な存在にすら見えてたんです。いつも笑っていられるし、悲しい顔をすることも、声を荒らげて怒ることもない。大丈夫だ、って言ってもらえた気がしましたね。この場所は安全だから。いつも笑顔で、君のことを待ってるからって――実際は、被災したアテンダントだってたくさんいたのに。家族を亡くした人もいたと聞きました。それでも、みんな笑って僕らを迎えてくれてたんです。家に帰らず、僕らを迎えるためにパークに残ってくれていたんだって、今ならちゃんと理解できるのに」

「そうだね。あの時は、アテンダントたちに本当に感謝した――実際、僕らもなんとかパークを運営しなきゃって必死だったわけだけど。閉めたくなかったんだ。僕らが灯を消してしまうと、みんなが心から笑える場所がなくなっちゃうってさ。テーマパークを運営する人間の、使命感みたいなものかなあ」

「わかります。アテンダントになった今なら、本当によくわかります」

どれほど社会をゆるがす事態が起きようとも、自分はアテンダントとしてこの場所に立っていたい。笑顔で手を振り、ゲストたちを迎え入れたい。あなたは笑っていいんだ、楽しんでいいんだということを、悲しむ人々に伝えるためにも。

黄金色の観覧車を照らす陽の光に目を細め、燐太郎は拳を握る。誉田のほうに向きなおってから、言葉を続けた。

「パークの中にいるすべての人に、笑顔になってもらうこと。すごく単純ですが、それが一番優先されるべきものだと考えているんです。僕、間違っているでしょうか」

「いいや、樋高くんの言うとおりだよ。きれいごととか詭弁じゃなくて、ここにいるみんなが笑顔じゃなきゃいけない。それが僕らの仕事だからね」

言葉を止め、誉田は真っ白なシャツの襟元をさぐった。左の襟に付けていたピンバッジのひとつを外し、燐太郎に差し出す。

「誉田さん、これって──」

役職や勤続年数を表すバッジよりも二回りほど大きい、ベイリーのピンバッジ。燐太郎の手にそれを握らせ、誉田は笑顔を見せた。燐太郎たちアテンダントにいつも見せている、穏やかで明るい表情だ。

「スタンプラリーの景品として配ってたピンバッジ。ちょっとレアでしょう。ゴースト・ホスピタリティ係としていつもがんばってる樋高君に、僕から勲章を贈っておくよ」

誉田は燐太郎の手を強く握ってから、また笑ってみせた。片手を挙げて挨拶をし、燐太郎をその場に残して去っていく。

少しだけ鍍金の剝がれたバッジを見つめたまま、燐太郎はしばらく風の吹く屋上に立ち尽くしていた。丸いバッジの中のベイリーは、鼻と前足を上げておどけた表情を見せている。見るものすべてを笑顔にしてしまうような、美しくけなげな瞳をして。

*

次第に藍の色を濃くしていく空に、黄金色の光が滲む。六十八台のゴンドラにゲストを乗せて、ワールド・フェリス・ホイールは静かに回転を続けていた。窓からパークを見下ろして、地上を歩く人々に手を振るゲスト。向かい合っておしゃべりに興じているゲストや、黙って景色を見ているらしいゲストの姿も確認できる。彼らの目に、七色の光を散らしたパークの様子はさぞ美しく映っていることだろう。

センター・キャラバンの中央に立つ観覧車の光を見上げながら、燐太郎は回転木馬前の持ち場へと戻ってきた。ちょうどゲストの応対を終えたばかりの濱井が、軽い笑顔を向けてくれる。

「おかえりなさい。調査、進みましたか」

昼下がりに燐太郎が離れてからずっとひとりで働きっぱなしだったというのに、濱井は不満のひとつも口にしようとはしなかった。相手の理解に感謝しながら、燐太郎は答える。

「資料室で開業当時の地図を確認してきたよ。今幽霊が目撃されてるところと、撮影スポット、それに昔のスタンプラリーのチェックポイントが、ほとんど同じ場所ってことはわかった。昼間のベイリー失踪(しっそう)事件の犯人とか幽霊の正体については、まだ調査半ばってところなんだけど」

「おつかれさまです。なかなか結論が出ることじゃないですよね。なにせ、幽霊が相手ですもの」

「そうだね。まだ、点と点が繋(つな)がったわけじゃない――」

ブルーストーンズ・バレーとクリーピー・スクエアに現れた、不思議な外見の子供の幽霊。その近くで起きたぬいぐるみの「失踪」事件と、スタンプラリーのチェックポイントと撮影場所の奇妙な、いや、必然とも言える一致。ひとつひとつの要素が、もう少しで繋がりそうだ。点と点が描き出す絵のようなものがぼんやりと見えている——なのに、それを一気に繋げてしまうだけの決定打が、まだ目の前に現れてはいない。それを呼び起こす方法は、もうわかっているはずなのに。

「濱井さん。ごめん、戻ってきたばっかりだけど、ちょっとやってみたいことがあるんだ。もしかしたら終業まで帰ってこられないかもしれない。今日は昼からほとんどここでの仕事らしい仕事もしてないし、申し訳ないで済まされるものじゃないんだけど」

「大丈夫ですって。世界一のトレジャーハンターさんが、そんな申し訳なさそうな顔をするものじゃないですよ。笑ってください。私のほうはさっきストリート・グリーティングしてたホリーに視線もらって、元気いっぱいになってますから」

「トレジャーハンターって——あっ」

襟元につけたピンバッジに触れ、燐太郎は笑う。濱井も、「そうでしょう?」と言いたげな顔をして微笑んでいた。

「よく知ってるね。僕、さっき資料室で確認するまで、スタンプラリーの景品のピンバッジがこんなデザインだったなんて知らなかったんだよ」

「実は私も、休憩中に『ライブラリ』で確かめてきたんです。季節の限定商品だと、本社にも現物が残ってないものもあるらしいですね」

「資料にすら残ってないグッズもあるみたいだよ。長年やってると、仕方ないってところもあるとは思うんだけど——」

今パークにいるゲストの中で、開業当初のイベントを実際に体験した人はいるのだろうか。そのときの景品を大事にして、パークを回ったときの興奮を覚えている人はいるのだろうか。

進み続けるパークの歴史の中で、忘れられていくものだってある。埋もれていくものだってある。その一つ一つを拾い上げて蘇(よみがえ)らせることは難しいだろうが、ゲストやアテンダントたちが忘れたものの中に、重い秘密が隠されているのだとしたら。

燐太郎は、その軌跡をたどらなければいけない。かつて多くのゲストがしたのと同じように、五つのエリアをすべて巡り、センター・キャラバンへと帰ってくるのだ。

「昔やってたスタンプラリーの道順を、これからたどってみようと思うんだ。チェックポイントがあったところに今は撮影スポットが設置されていて、よく似た姿の幽霊がその近くに現れてる。無関係だとは思えない」

「ベイリーのかくれんぼの原点ってところですね。いってらっしゃい。最後には、このセンター・キャラバンに戻ってくるんですよね」

「うん、なるべく早く戻ってくるから。本当にありがとう。行ってくるよ」

手を振る濱井に深く頭を下げ、燐太郎は歩き出す。スピーカーから流れていたエリアのBGMがにわかにフェイドアウトし、少しテンポの速い曲が流れ始める。背後で濱井がつぶやく声がした。

「あれ、また……今日、ほんとに多いですね」

ベイリーが主役の短編映画の主題歌として作られた、「みんなはどこだ」という楽曲。この音楽が流れたということは、パークの中でまだ見つかっていない迷子（ロスト）がいるということだ。

周囲のアテンダントの間に緊張が走る。各エリアのアテンダントの携帯端末に迷子の特徴が送られてこないということは、警備スタッフがある程度の見当をつけて捜しているのか。写真撮影を申し出てきたゲストの応対をする濱井を見やり、燐太郎は再び歩を進める。

シアターの裏手にある階段から、地下帝国へ。南西を目指して広い通路を歩いていく。制服姿でエントランスゲートからパークの外に出ることはできないが、少しでも「本来のルート」に近い動きをしたかった。

ひと気がない出入り口の階段を上がる。ゲートのすぐそばの宅配便センターの横に出て、軽くあたりを見回す。

出口専用ゲートにいるアテンダントに向かって、警備スタッフがジェスチャーまじりに何かを伝えていた。その様子をしばらく見守り、ゲートに背を向ける。オレンジ色の光に染まるサンライズ・コーストのまっすぐな道を、迷いなく歩いていく。

みんなはどこだ　どこにいる
知ってる道を行ったり来たり
世界がぼくを忘れたのか
ぼくが世界を忘れたのか

「みんなはどこだ」の曲が、ここでも流れていた。テンポが速く明るい曲調だが、その歌詞は少し不吉なものを帯びている。「姿が見えなくなるマント」を手に入れて悪戯をしていたベイリーが、そのマントから出られなくなり、みんなに存在を認識されなくなって――と、元になった短編映画もなかなかに恐ろしい筋書きではあったのだが。

燐太郎はレストランの立ち並ぶ通りを急いだ。一部のアテンダントたちの様子がどことなく慌ただしい。ゲートへ向かうゲストの流れと、この時間からパークへ入ってきた、あるいはホテルなどから戻ってきたゲストの流れが入り混じっている。少しのはずみで自分自身の存在が埋もれてしまうような、うねりを伴う喧噪。

笑顔を作り、燐太郎は背筋をしっかりと伸ばした。自分はアテンダントだ。どんなときも笑顔を忘れるな。どれほど不穏な空気の中を泳いでいても、不安を顔に出すな。口角を上げ、すれ違うゲストへ積極的に手を振ってみせる。ショップの壁に沿って形成された列を見つけ、その先を目指してさらに歩を速める。急遽配った整理券の効果で、待機列はかなり短くなったようだ。ショップとカフェの間の細い路地、その先に見えている小さな空間を見やって、燐太郎は目を細めた。

ジャグリングをするベイリーの像が見える。五、六人で並んで写真を撮るゲストの姿が見える。そのすぐ傍ら、灌木(かんぼく)が植えられた茂みの前に、その子供はいた——男の子にも女の子にも見える顔立ちと、形容が難しい服装。写真を撮るゲストや誘導を行うアテンダントは、その姿に気づいていない。

子供の幽霊は低くしゃがむような体勢を取って、ゲストの足元を見ているようだった。小学校低学年くらいのゲストの足元には、バルーンが括(くく)りつけられた鞄(かばん)が置いてある。子供の白い手がすっと伸び、鞄の紐(ひも)を握る。燐太郎はとっさに足を踏み出していた。

「待って!」

ぎくりと身をすくめた子供の幽霊が、手を引っ込める。視線を投げてきたゲストたちに大げさなほどの笑顔を見せ、燐太郎はなるべく抑えた速度で、それでも歩くよりははるかに速い足取りで、子供の幽霊が半ば身を隠している茂みへと向かっていく。小さな身体が木の中に隠れた。一瞬ではあるが、その足元をはっきりと確認することはできた。右足がない。ブルーストーンズ・バレーに現れた一本足の幽霊は、もしかしたら——左足がない姿をしていたのかもしれない。

「かくれんぼをする気だな」

口に出し、燐太郎は目指す方向を変えて歩き出す。

ナッツビル・カントリーに続くプレーリー通りを抜け、農家の建物や農村の商店を模した建物が並ぶエリアへ。このエリアの撮影スポットは、バーを模したショップ「馬蹄亭」の横にあるはずだ。列を横目に見ながら、ショップの前の通路を足早に進む。

ショップの隣、納屋を模したお手洗いの建物の陰から、その相手は燐太郎の様子をうかがっていた。右手のない子供の幽霊だ。距離を詰める前に、さっと建物の陰に隠れられてしまう。燐太郎の顔を覚えているらしい。

それぞれ欠けている身体のパーツは違うのに、今までに見た三人の子供はまったく同じ顔をしているように思えた。具体的な顔立ちを思い起こすことはできなくとも、それだけははっきりと言える。五つの各エリアに現れる、片手や片足を欠いた子供の幽霊。土地から出てくる不完全な人骨。五角形をしたパークの地図。五つのエリアをすべて巡るという行為に込められた意味。円を描く順路。歩くこと。巡ること。巡礼――。

燐太郎には確信があった。もはや疑いようもないほどの事実が、冷静であろうとする胸を苛み続けていた。ここは忌まわしい土地などではない。ここに眠る人々は、この土地に呪いをかけたりもしていない。死者はもともと生きた人間、恐ろしい存在として扱うべきものではないのだ――幽霊を見ることのできる燐太郎が、誰よりもそのことをわかっていなくてはならなかったのに。

自分はパークに出る幽霊を不吉なもの、災いをもたらすものとしてしか見ていなかった。ゲストの安全という大義名分を盾にして、彼らを排除する以外の手段を試してこようとはしなかった。だが、違う。今までの自分の主張は、大きな矛盾をはらんでいる。

自分は、パークの中にいるすべての人を、笑顔にすると誓ったのではなかったか？

「……クリーピー・スクエアの君には、もう会ってるね」

土の道を模した平らな通りを北東に向かって歩きながら、燐太郎は言葉を漏らす。左手のない子供の霊の姿は、昼間に確認済みだ。すべて順番通りとはいかなかったが、かつてのイベントでもこうやってばらばらに回る人がいたのではないだろうか。大事なのは順序ではない。すべてのエリアを、丁寧にその足で回り、ちゃんと認識することだ。

「ここは飛ばしていくよ。ブルーストーンズ・バレーで待ってて」

声をかけながら、禍々しい石畳の道を抜けていく。異星の洞窟を模したトンネルを抜けて、ブルーストーンズ・バレーの敷地へ。建物の外にまで延びるファクトリー・ザ・パニックの列を見ながら、すぐそばの撮影スポットへと近寄っていく。工場の鐘が、午後七時半を知らせる音を響かせていた。

ブルーストーンズ・バレーの子供は、アイスを売るフードワゴンの前で燐太郎を待っていた。手にはどこから持ってきたものなのか、袋に入ったままの棒アイスを握っている。

右足だけの子供の幽霊は、あと二、三メートルの距離まで燐太郎が近づくと同時に、アイスを投げ捨てて走り出してしまった。その姿が雑踏に紛れて見えなくなる。燐太郎はすぐにそのあとを追った。追いながら、心の中のベイリーに向かって祈りを捧げていた――ベイリー。どうか、また力を貸してくれ。あの子がこれ以上、大きなものを持って行こうとしませんように。あの子に悪いことをさせませんように。青い歩道が続くエリアを抜ける。南国の植物に囲まれた通路を抜け、イソラ・デ・アマリージョに入ると同時に、内ポケットの中のスマートフォンが震える――。

見える範囲にいるアテンダントたち全員が、制服の上から端末を押さえる動作をした。緊急時にのみ使われる一斉送信のメッセージ。立ち止まり、燐太郎は胸ポケットから社用のスマートフォンを取り出す。メッセージの文面を確かめたところで、頭の内側に殴られたような衝撃が走った。

『報告から二時間、未(いま)だに見つかっていないロストがいます。監視カメラの映像から、パークの中にいることは確実です。キッズサイズのベイリー・ホリーのシャツ（白）に、薄い砂色のズボン。黄色っぽいスニーカー。裕翔（ゆうと）くんという四歳二か月の男の子です。ゲートには警備スタッフが待機していますが、全アテンダントは植え込みの中や地下へと向かう階段なども注意して見てください』

ワールド・ワンダー・パークの中で報告のあった迷子は、ほとんどの場合三十分以内に発見される。各エリアに配置された警備スタッフに、その迷子の特徴が即座にシェアされるからだ。慣れた警備スタッフが発見できず、二時間以上経っているとなると――

鼓動が、うるさいほどに速くなる。燐太郎は再び歩き出した。チュロスやポップコーンを片手に歩くゲストの流れを避け、広い通りの端を、今度は西に向かって歩く。

イソラ・デ・アマリージョの撮影スポットは、発券所として使われていた建物の横に設置されていたはずだ——形成列が見えてくる。列の横を通り過ぎ、燐太郎は三方を壁に囲まれた建物に向かって歩いていく。

今は休憩所になっているその建物の中のベンチに、今度は胸に大きな穴の開いた子供の幽霊が座っていた。子供は燐太郎をじっと見ている。小さな手には、どこかで拾ったらしいキッズサイズの壊れたカチューシャが握られている。

「見つけたよ」

声をかけながら、燐太郎はその建物へ向かって歩いて行った。数メートルの距離まで近づいたところで、また相手に走り去られてしまう。右足、右手、左足、左手、胴体——それぞれの身体のパーツを欠いた、同じ顔の子供の幽霊。地中から発見される不完全な遺体。ぼくを捜して。ぼくを見つけて。

ぼくの身体をぜんぶ見つけたら、ここに帰ってきて。

「君がどうしてそんなことになってしまったのか、僕にはわからない」

輝く観覧車に導かれるようにして歩きながら、燐太郎は言った。それぞれのエリアに現れていた五人の子供の幽霊は、もともとは一人の子供、一つの肉体を持った人間であったに違いない。その四肢がなぜ広い土地の離れた場所に、ばらばらに埋められていたのか——事故なのか、災害なのか。はたまた、意図的なことなのか。

とにかく、ばらばらになった子供の骨を掘り出したワールド・ワンダー・パークの運営は、その魂を慰めるための「遊び」を考え出した。五つ計画されていたエリアを五角形に配置し、それぞれ骨の一部が出てきた場所に「チェックポイント」を設ける。訪れるゲストにそのポイントを回ってもらうことで、子供の霊へ祈りを捧げる。

ばらばらに祀られたものを巡っていく儀式。圧倒的な人の数、その歩みの力を借りた「霊場めぐり」のようなものだ。散らばった身体を集めるようにして五つのエリアを回ってもらい、最後に中央のセンター・キャラバンへとたどり着いてもらう。記念品を渡して「かくれんぼ」を完結させる。その儀式が、子供の幽霊にどんな影響を与えたのかはわからない。開業二、三年でそのイベントを終わらせたからには、霊が鎮まったと判断できるだけの何かがあったのか。子供の霊がすぐに目撃されなくなったのか、はたまた、人々がその存在を忘れてしまったのか。

開業から一年を待たずに、経営陣の大きな入れ替えがあったとも聞く。伝わらないものがあった。残されない記録があった。ワールド・ワンダー・パークは、長く大事なことを忘れていた。悲しみと痛みの積み重ねの上に、このパークが建てられたこと。ここを笑顔で満たすのは、そんな悲しみへ祈りを捧げる意味もあるということ。

初めはみんなそのことを知っていた。数十年の時の中で、多くの人がそのことを忘れてしまった。笑顔を。悲しみを凌駕する勇気を。希望を。テーマパークがやるべきこと。ワールド・ワンダー・パークがやるべきこと。燐太郎たちアテンダントが、常に覚えていなければならないこと――。

「泣きながらゲートをくぐる人なんて、居ちゃいけないんだ」

七色の光に満ちたセンター・キャラバンが、燐太郎の姿を迎え入れる。「みんなはどこだ」の音楽が流れ続けている。ゲストの案内や誘導に当たっているアテンダントを除くほとんどすべてのスタッフが、慌ただしくエリアの中を歩き回っていた――見つからない。ショップの試着室も、トイレの個室も、すべて調べた。ゲートを出るゲストには、手荷物検査に協力してもらっている。なのに、見つからない。どこに、どこに、どこに――。

世界がぼくを忘れたのか

ぼくが世界を忘れたのか

「だめだ、ベイリー・ボーイ。どれだけ寂しくても、連れて行っちゃだめなんだ――」

ベイリーの親友である男の子のキャラクター名を呼んで、燐太郎は黄金色の観覧車へ向かって走っていった。ここまで来たのに、五つすべてのエリアであの幽霊の姿を見つけることができたのに、最後のチェックポイントの場所がわからない。ひみつ、と書かれた文字が蘇(よみがえ)ってきて、燐太郎は生まれて初めてワールド・ワンダー社の運営に悪態をついた。はっきり書いておいてくれよ。いちばん大事なところじゃないか。その場所を見つけないと、かくれんぼが終わらないんだ。あの子のすべてを、見つけることはできないんだ――。

大事な場所。観覧車のすぐそばか。それらしい施設は見当たらない。そもそもスタンプラリーに使われていた建物そのものが撤去されていたとしたら、どうやって見つければいいというのだろうか。センター・キャラバンには中央の観覧車を囲むようにして、シアターやショップなどの建物、「ワールド・サーカス・トレイン」の乗り場などが位置している。トネリコの木の下。フードワゴンの前。シアターの入口横。思いつく限りの場所を回ってみるが、見つからない。焦りが募る。繰り返される「みんなはどこだ」の音楽を訝しむゲストの会話が、ちらほらと聞こえてくる。喧噪。人混み。気だけが焦る。冷静に考えろ。それらしい場所、ひみつの場所にふさわしい地点。観覧車の真下じゃないのか。近くではないのか。思いつかない。あと、ほんの少しの距離に、手が届かない――。

「樋高くん？」

自分を呼ぶ声に、燐太郎は振り返る。センター・キャラバンエリア担当のクリーニング・アテンダント、坂下伊和子だ。いつの間に後ろにいたのだろう。いや、自分が周囲の音や気配を感じないほど、我を忘れていたというだけか。

「大丈夫？　もしかして、あのロストのこと？」

「坂下さん――はい。センター・キャラバンにいるんじゃないかと思って捜しているんですけど、それらしい子が見つからなくて。坂下さん、何か気づいたことはありませんかか」

「あなたがそう言うからには、はっきりした根拠があるんでしょうね。おそらくは、幽霊がらみの事件なんでしょうけど」

坂下の鋭い指摘に、燐太郎は深く頷く。

「今回のロストとは別の件で、追いかけてる幽霊がいるんです。もしかしたらこのロストを見つける手掛かりになるかもと、ここに戻ってきたのですが――」

はっと息を呑む。

今しがた閃いた思いつきに、燐太郎は浅く息を吐いた。そうだ。開業当初からここで働いている、熟練のアテンダントなら。

「坂下さん。昔行われていたスタンプラリーの最後のチェックポイント、場所を覚えていますか」

「あの、ベイリーのピンバッジが貰えたやつのこと？　どうして？」

「僕が追っている幽霊がそこにいるんです。おそらくは、みんなが今捜している男の子も」

坂下は目を丸くし、周囲をうかがうような仕草を見せた。燐太郎に一歩近寄り、周りのゲストには届かないほどの低い声で、言う。

「このセンター・キャラバンね。死角みたいになってる場所があるの。立ち入り禁止の地点ではないんだけど、誰も足を踏み入れないようなところ。パレードも見えないし、どこかに繋がる道の途中にあるわけでもないから」

　そう言葉を切った坂下が、手ですぐそばの植え込みを指し示した。誰かに教えてもらわなければ、振り向きもしないような場所。何の目印も標識もない細い道が、薄暗い場所へと続いている。

　燐太郎は身を引き締めた。もちろん今になるまで、この場所のことを知らなかったわけではない。気に留めていなかっただけだ。ベンチも何もない広場。ただ少しばかりの段差があるだけの、ぽっかりと開けた空間。細い道は、そんな「名もなき場所」へと続いているはずだ。

「――ありがとうございます！」

　叫ぶと同時に、燐太郎は走り出す。広場にはあれだけの人がいたというのに、この細い道にはゲストどころかエリア担当アテンダントの姿も見当たらなかった。内ポケットの社用スマートフォンが震える。「みんなはどこだ」の音楽は鳴りやまない。見つからない子供。忘れられた子供。どうか、出てきてくれ。君をここまで捜しに来た僕の前に、姿を現してくれ。

　細い道を抜けたところで、視界が開ける。

　燐太郎はすべての動きを止めた。自分が今どこにいて、なにをしているかという感覚が、ほんの一瞬だけ消え去った――。

　何もない場所。日々数万人が訪れるパークの中の、盲点のような場所。空に浮かぶ月を背負う広場の一段高い場所に、その子供は立っていた。

両手がある。両足も、胸も、そして透けるような肌の色をした、愛らしい顔も。予測していたものと異なるその儚い姿に、燐太郎はしばし言葉を忘れて見入っていた。なんとなく、頭部のない幽霊が待ち受けていると思ったのだが――ああ、そうか。僕が拾い集めたからなのか、君が自分自身を見つけたからなのか。すべてを集めた状態で、僕の前に出てきてくれたんだな。

久々にゲストたちが君の眠る場所を訪ねはじめて、驚いたのか、嬉しかったのか――とにかく君は本来の姿で、今僕の目の前に立っている。その小さな手に、みんなが捜している男の子の掌を握りしめて。

「たにむらゆうとです」

子供の幽霊に手を引かれた男の子が、泣き顔で自分の名前を告げた。身体は燐太郎のほうに向けようとしているが、足が地面から離れていない。

子供の幽霊は燐太郎から顔を逸らし、目の前に植えられた高木をじっと見つめはじめる。まるで、その中に飛び込んで行けば、自分の家に帰れるのだというかのように。地上で見つけた友人を、地下の世界に連れて帰れるのだと考えているかのように。

「観覧車に乗ったあと、お母さんがいなくなったの。この子といっしょに捜してて、帰るって言えなくなったの。帰りたいのに、手を離してくれないの――」

「よく頑張った。本当に、よく頑張ったね。もうすぐ、お母さんたちに会えるから」

男の子に力強く声をかけながら、燐太郎は一歩足を踏み出す。視線を投げてきた子供の幽霊が、男の子の手をさらに強く握りしめる。男の子は声を上げて泣き出していた。

はなして、かえると叫ぶ相手を引っ張るようにして、子供の幽霊は高木の森のほうへと歩いていこうとする。地面を蹴るが、間に合いそうもない――子供の小さな身体で木の幹と幹の間に入り込まれてしまったら、追いかけることはできそうにもない。そもそも、あの高木の森の奥が燐太郎の知っているパークの敷地に続いているのかどうかすら、確信が持てなかった。子供の幽霊がもう片足を踏み出す。泣きさけぶ男の子は、強く握られた手を振りほどけていない。その姿が木と木の間の暗闇に消えていこうとしたその刹那、燐太郎は叫んだ。

「約束だろ、ベイリー・ボーイ！」

子供の幽霊の動きが止まる。無表情で透明な瞳が、汗だらけの顔に笑みを浮かべる燐太郎のことを、じっと見つめている。

「これはかくれんぼ、宝さがしだったじゃないか――なあ。僕は五つのエリアで、君という宝物を探し当ててきたぞ。五つのスタンプを集めた子には、宝物をくれるんだろう。だったら、その子を僕にくれ。僕たちアテンダントにとっての、一番の宝物なんだ。その子を捜している人にとっても、かけがえのない宝物なんだ」

子供の幽霊は赤い唇を結んだまま、長い間動かなかった――手を引かれた男の子が涙を浮かべた目で、自分の手を引く相手と燐太郎のことを交互に確かめている。やがて細い指から力が抜け、その手が男の子の掌からするりと離れる。自由になった男の子は、両手を広げる燐太郎のところへまっすぐに走ってきた。

「裕翔くん！」

泣き叫ぶ男の子を抱きしめる。しばらく安心させるようにその背を撫でてから、燐太郎は視線を上げた。わずかに感情の色が宿った瞳。うらやましそうに、悔しそうに、名残おしそうに、少しだけ嬉しそうに――子供の幽霊は燐太郎のことを見つめていた。帰りたくないよ。いい子でしょう、褒めて。もっと遊びたい。せっかく友達と遊んでたのに。帰りたくない、帰りたくないよ――さまざまな言葉がないまぜになった複雑な表情を、その白い顔に浮かべて。

「……寂しかったのかい。友達を連れて、自分の『家』に帰ろうとするほど」

久々に自分の身体をみんなが「捜しに」きて、たくさんの人が写真を撮りに来て、この子はどんな気持ちで深い眠りから目を覚ましたのだろうか。数十年の時を経たパークの姿は、この子の目にどう映ったのか。いや――考えるまでもないことかもしれない。

小さな子供がテーマパークに来て思うことなんて、たったひとつだ。

「帰りたくないよな。いいんだよ、帰らなくて。どこにも行かなくていい。ずっとここにいていいから。君がもういいやって思うまで、また次の楽しい場所が見つかるまで、ずっとここにいていいから」

しゃくりあげる男の子の身体を抱き寄せたままで、燐太郎は襟元に付けていたピンバッジを外す。相手に投擲の軌道がわかるように手を振り上げてから、それを高らかに投げ上げた。子供の幽霊が、それを器用にキャッチする。両手で受けたピンバッジとこちらの顔を見比べている幽霊に向かって、燐太郎は笑みを浮かべてみせた。朝一番にゲストを迎えるときに披露する、最高の笑顔だ。

「それ、あげる。友達と一緒に帰らせることはできないけど――僕でよかったら、いつでもかくれんぼにつきあうからさ」

それに、と付け足して、燐太郎は片目をつむってみせた。

「君だって、五つのエリアを冒険してこのセンター・キャラバンにやってきたんだ。宝物ももらわなくちゃね」

子供の幽霊が、目を細めてにこりと笑った。

生きている子供と何も変わりのない、太陽のようにあたたかな笑顔だった。

「――樋高くん！」

「あ、裕翔くん⁉　裕翔くんじゃないですか？　うそ、本当にこのセンター・キャラバンにいたんだ！　隅々まで捜したと思ってたのに！」

聞きなれた二つの声が耳に届いて、燐太郎は振り返る。坂下と濱井が、広場の段差前に立つ燐太郎と男の子のもとに、息を切らして駆け寄って来た。濱井が燐太郎から離れた男の子の身体を抱き留め、そのまま胸の高さまで担ぎ上げる。片手で男の子を支えたままで、燐太郎に向かって親指をぐっと立ててみせた。

「さすが樋高さんですね。私たちにはできないことを平然とやっちゃうんですから」

「おい、見つかったのか！」

「裕翔君で間違いなさそうですね——よかった、すぐにセンターにも連絡しましょう。ご両親、もうずっと泣きながら裕翔くんのことを待っていますから」

濱井の腕に抱かれたまま、男の子は集まって来た警備スタッフに連れていかれる。小さな手を振るその姿を見送り、長く息を吐いて——燐太郎はようやく傍らに立つ坂下のほうを向いた。眉を上げて笑い、坂下は明るい声で言う。

「やるじゃない。あなたの第六感って、本当にいろいろなところで活躍するのね」

「いえ、この場所を教えてくれたのは坂下さんですよ。それと僕を送り出してくれた濱井さんや、途中でヒントをくれた鴛鴦班長や牧地さんのおかげです——」

低い鐘の響きが聞こえてくる。回転木馬前の鐘楼の鐘が、午後八時を知らせているのだ。

鐘の音が細い糸を引いて消えると同時に、花火が上がり始める。坂下と共に空を仰ぎ、燐太郎は七色に弾ける火の華を見つめた。黄金色の観覧車が、天に昇る梯子のように視界を覆っている。

「——きれいね」

坂下の言葉に、燐太郎は頷いた。どうして今になるまで、この広場の良さに気づくことができなかったのだろう。こんなにも美しい景色が見られる、最高の場所だというのに。

遅れて響く音が、ぱらぱらと夜空を滑り落ちていく。

スピーカーからはいつの間にか、「ベイリーの奇跡」と題された楽曲が流れ始めていた。

＊

土曜。快晴。期間限定イベントの三週間目。修学旅行生や早めの長期休暇を取った社会人の姿が目立ち始めたワールド・ワンダー・パークは、今日も形容しがたいほどに賑わっていた。

「ベイリーのトレイラー・グリーティング、四十八時間待ちだそうです」

「ははは」

センター・キャラバンの一角、ソルト味のポップコーンを売るフードワゴンの横に控えた燐太郎は、冷静に放たれた濱井の言葉に笑いを漏らした。ここまで混みあっていると、逆に燐太郎たちレセプション・アテンダントに声をかけてくるゲストは少なくなる。エリアを移動するやらアプリで予約状況を確認するやらで、みんなてんやわんやなのだ。

忙しく通り過ぎていくゲストの流れを見守りながら、濱井がまた口を開く。

「アプリの予約状況とか、朝一番に実際に並んだゲストの数から計算した、『もしも』の待ち時間ですけどね——それにしても、この一角も急に人が増えましたね。公式の記事やお知らせって、やっぱりみんな見てるものなんでしょうか」

センター・キャラバンの片隅に、ほとんど知られていない「素敵な場所」があることを、みなさんご存知でしょうか？　昼間はワールド・フェリス・ホイールを迫力のある角度で撮ることができるし、夜は花火をベストなポジションで見られるかもしれません——さて、その場所とはどこでしょう。普段は行かないところ、「この先に何があるのかな？」と思っちゃうような細い道をたどってみると、見つかるかもしれませんよ。誰かとかくれんぼするつもりで、ぜひ探してみてくださいね——と公式のSNSに投稿するように頼んだのは、燐太郎本人だ。記事が七千件ほど拡散されてから数日が経つが、人の集まりにこれほどまでの影響が出るとは。

賑やかになった通りの入口を見つめ、燐太郎は苦笑いをする。寂しいどころか、賑やかすぎて疲れちゃったりしていないかな。自分の眠る場所を訪れる人々の声が、少しでもあの子の慰めになればいいが。

「みんな、秘密の場所を探すのが好きだからね。場所のほうも、久しぶりにゲストのみなさんに遊んでもらえて——喜んでるかもしれないし」

燐太郎の妙な言い回しに、濱井は首を傾げる。相手に向かってにこりと笑みを浮かべ、燐太郎はまた人がひしめき合うセンター・キャラバンの広場を見た。

ストリート・グリーティングに出てきたホリーの前に、長い列ができている。そのすぐそばで、写真を撮るゲストの姿を見守りながら、なにやら言葉を交わしている二人組がいる。日本ワールド・ワンダー社の社長、富士田と、スーツ姿の誉田だ。キャラクターのストリート・グリーティングや各エリアで行われるミニ・ショーを増やして、パークのいろいろな場所を回ってもらうようにしたいという燐太郎の申し出について、議論してくれているのかどうか。

燐太郎の視線に気づいた誉田が、手を挙げて挨拶を送ってくる。誉田は笑っていた。ホリーの列に並ぶゲストも、わくわくした表情を浮かべて、友人たちと言葉を交わしていた。その様子を見る富士田までもが笑っている。どんな混乱があっても、トラブルがあっても、これがテーマパークの本質――笑顔でいられる場所こそが、自分たちが作り上げるべき理想の場所なのだ。そこに悲しみや涙は必要ない。どんな過去を背負ったゲストでも、どんな人生を送ってきた死者にとっても、すべて。

「濱井さん。ワールド・ワンダー・パークのこと、好きですか」

唐突に訊ねた燐太郎の顔を、濱井が見上げる。後輩アテンダントは少し眉を上げ、迷いのない口調で答えた。

「大好きですよ。いきなり、どうしたんですか」

「いや、僕も、本当にこの場所のことが好きだなって思って」

行きかうゲストの間を縫うように、ひとりの子供が駆けていく。

ベイリーのピンバッジを胸に付けた子供は、燐太郎の顔を見て笑った。人差し指を口元に立てて、人の流れに溶け込んでしまうまでずっと、屈託のない笑顔を燐太郎のほうに向けていた。

「みんなこの場所が大好きなんだよ。ずっと」

高らかな音楽が、空を巡る黄金の観覧車を震わせる。

これが、この光景こそが、テーマパークの作り出す「奇跡」だ。

燐太郎たちアテンダントがすべての人に届けたいと願い続ける、かけがえのない奇跡だ。

ワールド・ワンダー・パークは、今日も数えきれないほどの笑顔を送り出すことだろう。

明日(あした)を生きる勇気を、ゲストたちの胸に託して。

本書は書き下ろしです。

この物語はフィクションであり、実在の個人・団体とはいっさい関係ありません。

ゴースト・テーマパークの奇跡（きせき）

木犀（もくせい）あこ

角川ホラー文庫　23067

令和4年2月25日　初版発行

発行者——堀内大示
発　行——株式会社KADOKAWA
〒102-8177　東京都千代田区富士見2-13-3
電話 0570-002-301（ナビダイヤル）
印刷所——株式会社暁印刷
製本所——本間製本株式会社
装幀者——田島照久

●お問い合わせ
https://www.kadokawa.co.jp/（「お問い合わせ」へお進みください）
※内容によっては、お答えできない場合があります。
※サポートは日本国内のみとさせていただきます。
※Japanese text only

◇◇◇

ISBN978-4-04-112248-8　C0193

角川文庫発刊に際して

角川源義

第二次世界大戦の敗北は、軍事力の敗北であった以上に、私たちの若い文化力の敗退であった。私たちの文化が戦争に対して如何に無力であり、単なるあだ花に過ぎなかったかを、私たちは身を以て体験し痛感した。西洋近代文化の摂取にとって、明治以後八十年の歳月は決して短かすぎたとは言えない。にもかかわらず、近代文化の伝統を確立し、自由な批判と柔軟な良識に富む文化層として自らを形成することに私たちは失敗して来た。そしてこれは、各層への文化の普及滲透を任務とする出版人の責任でもあった。

一九四五年以来、私たちは再び振出しに戻り、第一歩から踏み出すことを余儀なくされた。これは大きな不幸ではあるが、反面、これまでの混沌・未熟・歪曲の中にあった我が国の文化に秩序と確たる基礎を齎らすためには絶好の機会でもある。角川書店は、このような祖国の文化的危機にあたり、微力をも顧みず再建の礎石たるべき抱負と決意とをもって出発したが、ここに創立以来の念願を果すべく角川文庫を発刊する。これまで刊行されたあらゆる全集叢書文庫類の長所と短所とを検討し、古今東西の不朽の典籍を、良心的編集のもとに、廉価に、そして書架にふさわしい美本として、多くのひとびとに提供しようとする。しかし私たちは徒らに百科全書的な知識のジレッタントを作ることを目的とせず、あくまで祖国の文化に秩序と再建への道を示し、この文庫を角川書店の栄ある事業として、今後永久に継続発展せしめ、学芸と教養との殿堂として大成せんことを期したい。多くの読書子の愛情ある忠言と支持とによって、この希望と抱負とを完遂せしめられんことを願う。

一九四九年五月三日

美食亭グストーの特別料理

木犀あこ

悪魔的料理人による究極の飯テロ小説！

グルメ界隈で噂の店、歌舞伎町にある「美食亭グストー」を訪れた大学生の一条刀馬は、悪魔のような料理長・荒神羊一にはめられて地下の特別室「怪食亭グストー」で下働きをすることになる。真珠を作る牡蠣に、昭和の美食家が書き遺した幻の熟成肉、思い出の味通りのすっぽんのスープと、店に来る客のオーダーは一風変わったものばかり。彼らの注文と、その裏に隠された秘密に向き合ううちに、刀馬は荒神の過去に迫る――。

角川ホラー文庫

ISBN 978-4-04-108162-4